고 래 를   기 다 리 는   일

고래를 기다리는 일

。

홍명진 소설집

。

우리학교

차례

쿠키 굽는 시간

오늘 활동 시간엔 쿠키를 굽는다고 했다. 지나는 참여하고 싶지 않았지만 활동 프로그램도 수업의 일부였다.

외부 강사인 파시티에는 작은 키에 똥똥한 체형이 오뚝이를 연상케 했다. 무릎에서 선이 딱 잘리는 분홍색 원피스를 입었는데 허리에 두른 흰색 앞치마 때문에 상하 비율이 더 절묘해 보였다. 얼굴에는 자신감이 가득한 미소를 띠고 있었다.

준비된 조리대는 네 개였다. 두 명이 한 조가 되어 각자 조리대에 자리를 잡았다. 아이들이 여덟 명이라 남는 자리 없이 딱 맞았다.

지나는 후드 티와 한 조가 되었다. 커다란 주머니 두 개가 달린 앞치마를 걸치고 위생 두건을 쓴 후드 티는 지나와 눈이 마주치자 어색하게 웃었다. 후드 티와 늘 붙어 다니던 단짝이 있었다면 둘이 한 조가 되어 낄낄거리며 속닥댔을 텐데.

후드 티는 오늘도 센터 지하에 있는 식당에서 혼자 점심을 먹었다. 지나도 혼자 오므라이스를 먹으면서 냄비 라면을 후루룩거리는 후드 티를 힐끔 쳐다보았다. 혼자 있는 모습이 낯설어 보였지만, 입고 있는 옷은 아주 낯익었다. 어제도 입고 나온 민무늬 회색 후드 티셔츠에 청바지 차림이었다. 귀를 반쯤 덮은 커트 머리에 웃을 땐 한쪽 볼에 손톱자국 같은 보조개가 파였다.

지나는 후드 티를 처음 봤을 때 남자애인 줄 알았다. 청바지 주머니에 손을 찌르고 경중거리며 걷는 특이한 걸음걸이 때문에 더 그랬다. 후드 티의 단짝은 긴 머리에 치마를 즐겨 입는 귀여운 여자애였는데 이번 주 내내 보이지 않았다. 둘이 붙어 있을 땐 이야기를 나눠 본 적이 없었다.

혼자인 후드 티는 어딘지 모르게 기운이 빠진 듯 보였다. 냄비째 들고 국물을 마실 땐 흘러내린 앞머리가 눈을 다 가려 표정을 알 수 없었다. 단짝과 붙어 앉아 네 개의 다리를 나란히 까딱거리며 얘기 나누던 모습이 떠올랐다.

"우린 마음이 통했거든. 그래서 같이 자퇴하기로 한 거야. 우리가 얼마나 열심히 고민했는데. 그치?"

후드 티의 단짝은 지나가 묻지도 않은 말을 하며 동의를 구하듯 후드 티를 바라보았다. 지나는 함께 고민하고 행동할 절친이 옆에 있다는 것보다 친하지도 않은 누군가에게 자기 마음을 단박에 말해 버릴 수 있는 그 애의 성격이 부러웠다. 그때 후드 티는 무표정한 얼굴로 단짝이 하는 말을 가만히 듣고만 있었다.

"넌 늘 혼자지?"

후드 티의 단짝이 물었을 때 지나는 후드 티와 비슷한 표정으로 그 여자애를 쳐다보기만 했다.

지나가 빈 그릇이 담긴 쟁반을 들고 일어날 때 후드 티도 쟁반을 들고 일어섰다. 좁은 사각 식탁들 사이를 빠져나오면서 한두 걸음 서로 엇갈렸는데, 지나는 후드 티가 지나가게 한 템포 멈춰 섰다. 왠지 후드 티는 혼자 있고 싶은 것 같았고, 지나도 불편한 건 싫었다.

"대체 뭐가 문제니?"

담임 선생님한테서 면담 요청 전화를 받은 엄마가 다짜고짜 지나에게 목소리를 높였다. 지나는 대답할 말을 찾지 못했다. 뭐라고 말해야 하나. 내 말을 알아듣기나 할까?

지나가 엄마에게 가장 많이 들은 말은 '남들처럼' 하지 못하는 게 답답하다는 얘기였다.

"지웅이 반만 돼도 이렇게 답답하진 않겠다."

엄마가 말하는 남들 중엔 오빠도 자주 등장했다. 어떻게 오빠와 내가 똑같을 수 있나? 나는 오빠가 아닌데. 오빠의 머릿속과 내 머릿속은 생긴 것도 다른데. 지나는 그런 말을 들을 때마다 머리가 아팠다. 할 수만 있다면 엄마는 지나를 재조립해서 아들과 똑같은, 모양만 여자인 자식으로 만들고 싶었을 것이다.

지웅은 엄마들이 좋아하는 '엄친아'에다 탁월한 유전자를 타고났다. 엄마와 아빠의 좋은 면만 쏙쏙 빼닮았다고 해야 하나. '남들 보기에' 더할 수 없이 좋은 자식으로.

지나는 오빠와 달랐지만 엄마가 원하는 학교에 들어갔다. 엄마 입맛에 맞춰 주고 싶어서도 아니고, 착한 딸 코스프레를 할 생각도 없었다. 지나도 할 수 있을 것 같았다. 오빠가 들어간 대학에 단번에 붙어서, 엄마를 세상에서 가장 행복하게 만든 오빠만큼은 아니어도 자기만이 할 수 있는 뭐가 있을 줄 알았다.

기숙사 생활은 최악이었다. 학교에서 배정한 룸메이트

는 제멋대로인 애였다. 지나의 옷장과 사물함을 마음대로 뒤졌다. 지나가 전혀 하지도 않은 이야기가 지나가 한 말로 둔갑해 떠돌기도 했다. 룸메이트가 있는 옆 반 아이들까지 지나가 어떤 애인지 안다며 떠들고 다녔다. 지나는 졸지에 꼬리 없는 원숭이처럼 우스꽝스러운 구경거리가 된 기분이었다. 성격이 강하지 못해서 남한테 당한다고, 자기주장을 확실히 하라고 엄마가 말했지만, 그게 생각한다고 되는 일은 아니었다. 말하지 않는다고 약하다고 여기는 건 자신이 잘났다고, 강하다고 생각하는 사람들의 오만이었다.

'내가 뭘 잘못한 걸까?'

지나는 고립된 채 혼자 생각하곤 했다. 누가 지나 이름을 들먹이며 키득거리는 소리가 들려도 돌아보지 않았다. 기숙사에서 학교 건물 뒤쪽의 좁은 길을 따라 등교하고 하교했다. 비에 젖은 축축한 벤치 가장자리에 돋기 시작한 이끼를 손톱으로 긁으며 생각에 잠겼다.

"사람이 불러도 대답을 안 한대. 자기 혼자만 고상한가 봐."

"쟤, 중학교에서 왕따이지 않았어?"

교실에서 떠돌던 말이 귓가에 웅웅 울렸다. 룸메이트는

"내 물건에 함부로 손대지 않았으면 좋겠어." 하는 지나의 말에 픽, 소리를 내며 웃었다. 그러곤 지나의 느린 말투를 흉내 내며 "넌 가만 보면 다른 애들이랑 참 달라. 네 표정과 말투, 되게 웃긴 거 알아?"라고 말해 놓곤 뭐가 우스운지 혼자서 낄낄댔다. 그걸 우정 삼아 하는 말이라고 착각하는지도 몰랐다. 지나는 대꾸하지 않았다. 대꾸할 가치가 없으니까.

지나는 룸메이트와 한방에 있다는 것 자체가 점점 견디기 힘들었다. 말조차 섞고 싶지 않았다. 지나는 룸메이트가 잠들 때까지 책상 스탠드를 켜 놓고 꼼짝도 하지 않았다. 그러다 책상에 엎어진 채 잠이 들곤 했다.

한 달 만에 룸메이트를 바꾸었지만 달라진 건 하나도 없었다. 여전히 지나는 느려 터지고 대화에 끼지 못하는 이상한 아이였다. 문제는 룸메이트가 아니라 지나라고 했다. 학교 식당에 앉아 급식을 먹을 때도 지나는 치마의 호크를 풀고 아무도 모르게 심호흡을 하며 밥을 씹어 삼켰다. 기숙사로 돌아가는 길에서도 한 걸음, 한 걸음씩 심호흡을 하며 걸었다. 발작이 일어날 것처럼 순간적으로 숨이 가빠질 때도 있었는데, 그럴 땐 걸음을 멈추고 눈을 감았다. 천천히 호흡하며 검은 망막 위로 찾아오는 자기만의

빛을 받아들였다.

지나는 점점 혼자만 있을 수 있는 장소를 찾아다녔다. 내 마음을 누구와 나눌까? 엄마를 떠올리자 가슴이 더 답답했다. 식품 회사 연구원인 아빠는 언제나 퇴근이 늦었다. 엄마는 아빠의 늦은 귀가가 항상 불만이었다. 그렇다고 엄마가 집에만 있는 사람은 아니었다. 엄마도 늘 무언가로 바빴다. 대체로 집은 고요했고, 요술을 부리듯 손이 재바른 엄마의 살림살이는 흠잡을 데 없이 깔끔했다. 반면에 아빠는 회사 일과 자기밖에 모르는 사람이었다. 엄마는 아빠에게 쌓인 불만이 많으면서도 자기가 해야 할 일을 남한테 의지하는 성격이 아니었는데, 그런 성격이 자식을 양육하는 방식에도 적용되었다. 아빠의 주장은 늘 엄마한테 밀렸다. 그러니까, 지나 집에서 최고 결정권자는 엄마였고, 아빠도 더는 군소리를 하지 않았다.

중학생 때 지나가 고양이를 키우고 싶다고 말한 적이 있었다. 강아지도 괜찮았다. 동물을 좋아하는 지나는 동물 병원 앞을 지나다닐 때면 유리문 앞에 한참이나 서서 동물들을 구경하곤 했다.

"지나야, 그런 거 키울 생각 하지 말고 다른 데에 신경을 쏟아. 지금이 얼마나 중요한 시기인 줄 아니?"

엄마는 고양이나 강아지는 나중에도 충분히 키울 수 있다고 했다. 순전히 엄마만의 판단이었다. 하지만 지나는 왜 그것이 나중이 아니라 지금이어야 하는지, 엄마를 설득할 수 없었다.

지나가 처음 담임 선생님과 상담실에 마주 앉았을 때의 심정도 그랬다. 선생님은 성급하게 물었다.

"왜 학교를 그만두려고 하지? 이유가 있을 거 아냐."

지나는 뭐라고 선뜻 대답할 수가 없었다. 눈을 감았다 뜨자 습관인 듯 꼬고 앉은 선생님의 다리가 보였다. 한쪽 발끝에 걸린 고무 슬리퍼가 벗겨질 듯 간당거렸다. 선생님은 지나를 잘 몰랐다. 지나도 마찬가지였다. 만난 지 겨우 석 달이 지났을 뿐이었다. 어쩌면 선생님은 지나가 자퇴하겠다고 했을 때야 지나의 존재를 제대로 알아챘을지도 모른다. 지나는 단지 28명의 아이들 중 하나였을 뿐일 테니까.

지나는 일에 쫓기는 듯한 눈빛의 선생님과는 왠지 속마음을 얘기할 수 없을 것 같았다. 세 번째 상담 시간에 "부모님과 얘길 해 봐야겠구나." 하고 선생님이 말했을 때 지나는 차라리 잘된 일이라고 생각했다. 지나에겐 반드시 넘어야 할 벽이니까.

지나는 꽤 여러 날을 부모님과 무거운 침묵 속에 보냈

고, 우격다짐 같은 설득을 당했다. 뜻밖에도 아빠는 지나의 얘기를 경청했다.

"지나가 알아서 공부 열심히 하겠다잖아. 학교에 적응이 안 된다는 애를 무작정 붙어 있으라고만 하면 돼? 그러다 애가 어떻게 되기라도 하면 어쩌려고?"

아빠의 말에 엄마는 시간을 두자고 했다. 지나도 그러겠다고 대답했다. 시간이 지나도 달라지는 게 있을지 모르겠지만 지나에게도 우선은 시간이 필요했다.

학부모 상담이 끝나고 지나의 의지가 확고하다는 걸 부모님이 받아들인 후, 자퇴 규정상 2주간의 숙려 기간이 주어졌다. 학교에서 위탁한 위(Wee) 센터 교육은 지나와 가족들에게 주어진 징검다리 같은 시간이었다.

센터로 가는 첫날은 휴대폰 지피에스로 길을 찾았다. 삼거리에 도착하자 삼각주처럼 생긴 조그만 빈터가 있었다. 빈터에서 방사형으로 뻗은 세 갈래 골목길은 승용차 한 대가 겨우 지나갈 정도로 좁아 보였고, 길 끝에 뭐가 있을지 알 수 없었다. 지나는 지피에스가 가리키는 골목길을 빤히 보고 서서, 버려야 하는 길이 어디로 통할까를 생각했다.

'엄마, 이 자린 조그만 섬 같아. 내가 길을 잃고도 잠깐은 멈춰 설 수 있는.'

지나는 노란 선으로 만들어진 삼각주 빈터에 서서 시간이 잠시만 멈추었으면 하고 바랐다. 혼자만 멈추는 게 아니라 세상의 모든 것이 잠시만.

"오늘은 버터쿠키를 만들어 볼 거예요. 별로 어렵지는 않아요. 레시피만 잘 따라 하면 누구나 쉽게 만들 수 있어요."

강사는 생글생글 웃으며 쿠키를 구워 본 경험이 있는 사람은 손을 들어 보라고 했다. 두 아이가 손을 들었다.

"처음 구워 보는 학생들이 더 많네요. 좋아요. 여러분 앞에 준비된 재료 보이죠? 주어진 재료는 같아요. 물론 계량기를 사용하겠지만, 쿠키가 완성되면 그 맛이 다 똑같다고는 장담할 수 없어요. 자, 그럼 시작해 볼까요?"

강사는 맛깔스러운 음식을 앞에 두고 있을 때처럼 두 손을 비볐다. 그러고는 버터, 슈가 파우더, 바닐라향 설탕, 소금, 달걀, 박력분을 하나하나 짚어 가면서 조리 과정을 설명했다. 준비된 재료는 버터쿠키 스무 개를 만들 수 있는 분량이었다. 그리 어려워 보이진 않았다. 강사 말대로 버터쿠키는 레시피만 알면 누구나 만들 수 있는 손쉬운 과자였다.

맨 먼저 스테인리스 볼에 60그램짜리 버터를 넣고 핸드 믹서로 갈았다. 지나는 믹서의 부드러운 진동을 손바닥으로 느끼면서 버터가 거품을 내며 풀어지는 모습을 무심히 지켜보았다. 핸드 믹서의 진동 때문인지 후드 티의 어색하던 표정도 조금 풀어졌다. 계량한 슈가 파우더와 바닐라향 설탕, 소금을 섞어 버터를 푼 볼에 서너 번에 나누어 넣고 휘핑 작업을 할 때는 후드 티의 입이 아까보다 더 크게 벌어졌다. 후드 티는 지나와 눈이 마주치자 어색하게 웃었다.

지난 일주일 동안 센터에 다니면서 지나는 여전히 혼자였다. 기숙사를 나온 뒤로 집에서 학교로 가는 대신 센터로 오는 것만 달라졌을 뿐이다. 가방을 메고 집을 나서는 지나를 바라보는 엄마 얼굴에서 웃음이 사라진 지는 꽤 되었다. 음식을 잘못 먹고 체한 듯한 그 표정을 볼 때마다 지나는 왠지 미안했지만 아무런 말도 하지 않았다. 엄마도 아빠도, 아니, 식구 모두가 저마다의 방식대로 견뎌야 하는 시간이었다. 누가 가장 괴로운지 저울에 무게를 달아볼 수는 없는 일이다. 엄마 표정을 보면 엄마가 짊어진 괴로움의 무게가 가장 큰 것처럼 느껴지는데, 아빠는 깊은 속을 알 수 없었다.

"괜찮냐?"

툭 던지듯 묻는 아빠의 말에서 애틋함이 묻어났지만 그때마다 지나는 어떻게 대답해야 할지 몰라 희미하게 웃어 줄 뿐이었다. 오빠의 반응은 생각보다 심각하지 않았다.

"지나가 생각이 없는 애도 아닌데 너무 몰아붙이지 마세요. 다 자기 인생인데 알아서 하겠죠."

그럼 그렇지. 여유만만한 오빠다운 말이었다.

하지만 지나도 알고 있었다. 오빠 역시 자기만의 문제로 중2병 같은 대2병을 앓고 있다는 걸. 대학에만 들어가면 모든 고민이 다 사라져 버리는 줄 알았는데, 그게 또 아닌 모양이었다. 기를 쓰고 들어간 대학이 시시하다고 오빠는 말했다. 뒤늦게야 오빠는 내가 정작 하고 싶은 게 뭔지, 할 수 있는 게 뭔지 모르겠다고 했다. 별을 좇는다고 생각했는데 그 별이 갑자기 눈앞에서 사라졌다나 뭐라나. 지나에게 깊은 고민을 털어놓지는 않았지만, 오빠도 길을 잃고 헤매고 있었다. 방 안에 틀어박혀 움직이지 않는 날이 점점 늘고 있었다. 그런 오빠에겐 자기가 알아서 하겠지, 라는 엄마의 믿음이 굳건했다.

어쨌든 지나는 여전히 링 위에서 숨을 고르고 있었다. 지나는 대체로 입을 꾹 다문 채 집을 나서고, 숨듯이 조용히 집으로 돌아와 방문을 잠그고 나면 자기만이 누릴 수 있는 아주 조그만 세계에 무사히 안착했다는 느낌에 사로잡혔다. 가끔씩 엄마가 발작하듯 지나의 방문을 열어젖힐 때를 제외하면.

삼각주에서 11시 방향 골목으로 들어서서 저만치 센터 건물이 보일 때마다 지나는 속으로 외쳤다.

'한지나, 잘 해낼 수 있어.'

만약 생각이라는 게 눈에 보이는 사물처럼 형체가 있다면 딱딱한 생각의 어깨를 툭, 쳐 주는 심정으로 말이다. 무엇을 잘 해낼 수 있는지는 확신이 없지만, 어쨌든 자기만의 길을 찾아가고 싶었다. 오빠가 잃어버린 별을 찾아 헤매는 심정을 이해할 수 있을 것도 같았다.

오전에 '미래의 나에게 쓰는 편지'라는 프로그램을 할 때, 지나는 활동지에 뭘 써넣어야 할지 몰라 창밖만 바라보았다. 그때 후드 티는 책상에 고개를 처박은 채 뭔가를 열심히 하고 있었다. 복도 쪽에서 여러 명이 어울려 우당탕 뛰는 소리가 들렸다. 3층으로 올라가는 아이들 발소리였다. 그 소란은 잠시 후에 뚝 그쳤다.

지나가 교육받는 공간은 2층에 몰려 있었다. 3층에는 청소년 쉼터가 있었다. 지나 또래의 아이들이 돌아갈 곳이 정해질 때까지 잠시 머무는 곳이었다. 모두 학교 밖 아이들이라고 했다. 그 얘길 들었을 때 지나는 멍했다. 무슨 생각에 잠겨 저도 모르게 3층까지 올라갔다가 어, 여기가 아닌데, 하고 돌아서서 내려온 적은 있지만 일부러 올라간 적은 없었다. 계단에 경계가 있는 것도 아니고 똑같은 계단의 연장선일 뿐인데 3층은 2층과는 어딘지 모르게 다르게 느껴졌다. 앞으로의 일을 생각할 때마다 잠깐씩 불안이 스쳐 갔지만 여기까지 오기가 쉬운 일은 아니었다. 지나도 센터 교육 프로그램이 끝나면 학교로 돌아가든 자퇴를 하든 결정해야 한다.

"손목 스냅을 이용해서 부드럽게, 부드럽게 한 방향으로 저어 주세요. 휘핑 작업을 할 때도 일정한 방향이 있어요. 아무렇게나 돌리지 말고 시계 방향으로, 일정한 힘을 주고……."

강사는 천천히 조리대 사이를 돌며 코맹맹이 소리로 말했다.

벌써 달걀흰자 휘핑을 끝내고 계량한 박력분을 체에 치는 아이들도 있었다. 후드 티는 달걀 노른자와 흰자를 분리하느라 애를 쓰더니 뾰족한 것에 찔렸을 때처럼 아, 하는 탄성을 질렀다. 달걀노른자가 조리대 가장자리에 떨어져 끈끈한 점액이 바닥으로 흘러내렸다. 멀리서 강사가 "괜찮니?" 하고 큰 소리로 말했고 아이들의 시선이 집중되었다. 지나는 재빨리 키친타월을 뜯어 노른자를 훔치고 바닥도 닦아 냈다.

"네 옷에 안 튀었어?"

다리를 쩍 벌리고 선 후드 티는 난감한 표정으로 지나를 바라보며 더듬거렸다.

"난 괜찮아."

"고마워."

"뭐, 고마울 것까지야."

지나는 만약 내가 그랬다면 너도 보고만 있지는 않았을걸, 하는 말은 삼켰다.

잘 섞은 재료를 깍지를 끼운 짜주머니에 넣고 유산지위에다 회오리 모양을 만들기 시작했을 때는 시간이 꽤 지나 있었다. 체 칠 때 날린 밀가루 분이 스테인리스 조리대를 희끗희끗하게 덮고 있었다. 부엌에서 엄마와 뭔가를 해본 적이 한 번도 없는 지나는 막상 해 보니 낯선 부산함이 싫지 않았다. 짜주머니를 쥐고 쿠키의 모양을 잡을 때는 살짝 떨리기까지 했다.

"아, 이렇게 하는 거였구나. 너도 이런 거 처음 만들어

본댔지?"

후드 티가 쑥스러운 듯 물었다.

프로그램이 시작될 때, 쿠키를 만들어 본 사람이 있느냐
는 강사의 물음에 후드 티는 손을 들지 않았다. 지나도 마
찬가지였다.

"근데 네 단짝은 왜 안 나와?"

짜주머니를 쥔 쪽의 어깨가 꾸부정하게 내려간 후드 티
에게 지나가 물었다. 앞머리가 이마와 눈썹을 가린 탓에
후드 티의 눈이 잘 보이지 않았다.

"엄마 말대로 하기로 했대. 유학 간다고 그러더라. 더 이
상 여기 올 필요가 없다고."

여전히 후드 티의 표정은 보이지 않았다.

"아, 그랬구나."

지나는 고개를 두어 번 끄덕거렸다.

옆 조 아이들은 짜주머니 속의 내용물이 나오지 않아
애를 먹고 있었다. 똑같은 재료를 똑같은 계량기를 사용해
배합했는데도 묽기는 저마다 조금씩 달랐다. 계량기를 사
용하더라도 그 도구를 사용하는 사람의 손과 눈썰미에 따
라 얼마간의 오차가 있을 거라고 강사는 말했다. "시키는
대로 했는데 나는 왜 이래?"라며 알 수 없다는 눈빛을 한

아이의 얼굴엔 짜증이 역력했다. 숙련된 사람은 계량기를 사용하지 않고 손의 감각과 눈대중만으로도 자기만의 묽기를 조절할 수 있다고 강사는 수업 중간중간 잔소리하듯 말했다.

"자꾸 손목이 흔들리네. 근데 넌 참 침착하게 잘한다."

후드 티가 턱을 쳐들고 지나를 보며 말했다.

지나가 일곱 개의 쿠키 모양을 만들었을 때, 후드 티는 벌써 열 개째 만들고 있었다. 지나는 뭐든 느렸다. 보고 있는 것만으로도 분통이 터진다는 엄마와는 달리, 뭐든 곱씹어 천천히 생각하는 지나를 이상하다고 말하는 애들과는 달리, 후드 티는 침착하다고 말했다. 지나의 느려 터진 행동을 침착하다고 말해 준 사람은 여태껏 아무도 없었다.

"내가 침착해 보여?"

지나는 후드 티의 진심을 알고 싶었다.

"그래 보여. 난 너처럼 그렇게 못해. 뭐든 덜렁거리고, 잘 까먹고, 그래서 엉망으로 만들기도 하거든."

"뭘?"

"뭐든. 하나를 보면 열을 안다고, 우리 엄마가 맨날 하는 잔소리 있거든. 그런 말을 자꾸 들으면 진짜로 내가 아무 쓸모 없이 느껴진달까."

후드 티가 쿡 소리 나게 웃었다. 지나는 후드 티의 말대로 침착하게 회오리 모양 쿠키를 하나씩 만들어 나갔다.

예열해 둔 오븐에서 쿠키가 구워지는 동안 조리대에 어지럽게 널린 것들을 치웠다. 정리하느라 부산스럽게 움직이면서도 쿠키가 완성되길 기다리는 아이들은 들뜬 표정이었다. 자기 손으로 배합하고 장난처럼 주물럭거려 놓았는데 멋진 쿠키가 된다는 걸 믿을 수 없어 하는 표정들이었다.

드디어 완성된 쿠키를 품평하는 시간이 돌아왔다. 깨끗하게 정리된 조리대 위에 각자가 만든 쿠키가 놓였다.

"여러분, 고생 많았어요. 이제 오늘의 작품을 맛볼 시간이에요. 짝꿍과 바꿔서 맛을 보고 조별로 나눠서도 맛볼 거예요. 어떤 맛인지 찬찬히 음미해 보고 품평해 보는 시간을 갖도록 해요. 맛이 다 다를지도 몰라요."

강사의 말대로 버터쿠키는 정말로 맛이 조금씩 달랐다. 어떤 아이는 건빵처럼 딱딱해서 못 먹겠다고 했고, 바삭하고 달콤한 쿠키를 기대했는데 뒤끝이 씁쓸하다고 말하는 아이도 있었다.

"내 건 어때?"

후드 티가 자신의 쿠키를 맛보고 있는 지나에게 물었다.

"맛있어."

"정말?"

"어."

딱딱하지도 않고, 적당히 바삭했다.

"난 약간 맹맹하던데. 고소한 맛도 덜하고. 괜히 칭찬하느라 그러는 거지?"

"아냐. 정말 잘됐어."

지나가 웃으며 대답했다. 후드 티는 긴장한 얼굴로 지나가 만든 쿠키를 들고 잠시 빤히 바라보더니 한입에 쏙 집어넣었다.

"내 건 어때?"

지나가 물었다.

"편안한 맛이랄까. 아무튼 내 쿠키보단 훨씬 나은 것 같아. 근데 난 왜 이런 맛이 안 나지?"

후드 티가 혼잣말하듯이 말했다.

"편안한 맛이라는 건 어떤 맛이야?"

"말 그대로 편안한 맛. 맛을 그렇게 말하면 안 되는 건가?"

후드 티가 가자미같이 작은 눈을 크게 뜨고 콧잔등을

찡그리며 말했다. 지나는 정말로 의아해하는 그 애의 진지한 표정이 웃겨서 흐흐 웃고 말았다.

"근데 왜 웃어?"

"네 대답이 멋있어서."

지나는 진심으로 말했다.

지나는 센터에서 누구와 나란히 나오긴 처음이었다. 혼자 걸어가던 길을 후드 티와 나란히 걷는 것도 나쁘진 않았다. 골목길이 모이는 한가운데 조그만 삼각주에 쳐진 노란 안전선이 보였다.

"네 단짝은 왜 마음이 변했대?"

지나는 쿠키를 굽는 내내 궁금했던 걸 그제야 물었다.

"걘 처음부터 마음이 왔다 갔다 했어. 마음을 왜 그렇게 굳혔는지는 나도 잘 몰라. 마음이란 건 자기 자신도 잘 모를 때가 있잖아. 시간이 지나면 변하기도 하고."

후드 티가 후훗 웃었다. 지나는 그 애의 얼굴을 힐끔 쳐다보며 물었다.

"괜찮아?"

"응. 걔랑 난 서로 가는 길이 다르니까."

"며칠 우울해 보이던데?"

"아무렇지도 않을 순 없잖아. 나는 뭔가, 누구인가, 생각했어. 걔랑 붙어 있을 때 놓쳤던 생각들. 너는?"

"나도 그래. 나도 끊임없이 나에 대해 생각해. 똑 부러지게 설명할 수는 없지만 뭔가 맞지 않는 틀에 끼워져서 살고 있다는 고민을 하게 되면 견딜 수 없을 때가 있거든."

넌 이해할 수 있니, 하는 눈빛으로 지나는 후드 티를 바라보았다.

"이해해."

후드 티의 대답은 간결했다.

엄마는 지금까지도 지나를 설득하는 중이다. 나중에는 남들처럼 살지 못한 게 후회될 거다, 홍역 한 번 치른다 생각하고 숙려 기간 지나면 학교로 돌아가자, 여기까지만 하는 거다, 응? 엄마 목소리가 들리는 듯했다. 엄마의 마음을 알 수 없는 건 지나도 마찬가지지만, 엄마도 지나의 마음을 다 알 수는 없는 거다.

"무슨 생각 해?"

후드 티가 불쑥 물었다.

"난…… 숨이 가빠. 다른 사람들처럼 살아야 한다는 게. 세상이 한 걸음씩만 천천히, 느리게 갔으면 좋겠어. 한 번쯤은 쉬면서, 가만히 갔으면 좋겠어."

그 말을 할 때 지나는 실제로 숨이 차올라 걸음이 느려졌다.

"그래서 그렇게 넋을 놓고 창밖을 보고 있었구나."

후드 티가 보조를 맞춰 걸으며 말했다.

"언제?"

"오전 활동 시간에 말이야."

지나는 후드 티가 자신을 보고 있었다는 걸 그제야 알았다.

"넌 뭘 열심히 하던데?"

"그냥 눈이 하나뿐인 고양이, 코 없는 강아지, 다리가 하나뿐인 닭, 그런 것들만 낙서하듯이 그렸어."

"왜 그런 걸 그리는데?"

"미래의 내가 어떨지 몰라서."

후드 티는 처음으로 지나 앞에서 입을 크게 벌리고 흐흐흐 웃었다. 그러고는 갑자기 웃음을 그친 후드 티가 조용한 목소리로 말했다.

"사실은 친구가 부러웠어. 걘 학교를 그만둬도 유학 가버리면 되지만 나는 유학 같은 건 갈 수 없는 형편이거든."

후드 티는 뒷주머니에 손을 찌른 채 자그마한 돌멩이를 발로 걸어찼다. 조금 전에 웃을 때와는 달리 침울한 표정이었다.

"불안해."

후드 티가 불쑥 말했다. 지나는 후드 티에게 무슨 말을 해 주고 싶었지만 아무 말도 떠오르지 않았다. 침묵이 이어졌다.

지나는 오전 활동 시간에 '미래의 나에게 쓰는 편지'에 몇 줄 쓰지도 못하고 펜을 놓아 버렸다. 왠지 모르게 심각한 반성문부터 써야 할 것 같은 압박감에 사로잡혔고, 내가 무얼 잘못하고 있나 하는 생각에 시달렸다. 그러다 센터 3층에 사는 아이들의 발소리를 듣고는 머릿속에서 징이 울리는 것처럼 멍해 있었다. 미래의 나에게 쓰는 편지는 그런 기분으로 쓰고 싶지 않았다. 앞으로 어떤 일이 일어날지는 모르지만 지나는 자신이 잘못된 길로 가고 있다는 생각은 들지 않았다. 후드 티가 그렸다는 이상한 고양이와 강아지, 닭처럼 우리는 무언가가 하나씩은 없는 채로 지금 여기 있는 게 아닐까. 그렇지만 불안해, 라는 후드 티의 말에 아무 대꾸도 하지 않았던 건 그 애에게 무슨 말을 해 줘야 할지 생각이 깊어져서였다.

삼각주를 지나 4차선 대로 변으로 나왔다. 두 사람의 발

걸음이 점점 느려지고 있었다.

"어디로 갈 거야?"

후드 티가 물었다. 지나는 후드 티가 옆에 있다는 사실을 잊은 듯 잠시 혼자 걷는 기분에서 깨어났고, 후드 티는 조금 전과는 다른 분위기의 덤덤한 표정으로 돌아와 있었다.

"난 전철 타야 해."

"그렇구나. 난 저기 건널목 건너가서 버스 타는데."

후드 티가 건너가야 할 건널목이 바로 코앞에 있었다. 신호등은 붉은색이었고, 몇몇 사람이 건널목 앞에 서 있었다. 전철역까지는 조금 더 걸어야 했다.

신호등은 바뀌지 않은 채였다. 두 사람은 건널목 앞에서 걸음을 멈추었다.

"그럼 잘 가."

후드 티가 싱겁게 웃으며 말했다.

"그런데 말이야……."

지나는 입 속의 말을 우물거렸다.

"나한테 할 말 있어?"

후드 티가 씩씩한 목소리로 물었다.

"어. 네가 그린 그림들 말이야. 잃어버린 것들 하나씩 다 채워서 그려도 돼."

"아, 그것 때문에 심각한 표정이었구나. 걱정하지 마, 우리 집엔 멀쩡한 고양이가 있으니까."

후드 티가 의외로 아무렇지도 않게 대답해서 지나는 기분이 맑아졌다. 곧 신호등이 바뀌었고, 후드 티는 건널목으로 성큼 들어서서 뒤를 돌아보고 지나에게 손을 높이 쳐들어 흔들었다. 지나도 후드 티에게 손을 흔들었다.

지나는 길을 걸으며 쿠키 굽는 시간에 강사가 한 말을 떠올렸다. 똑같은 재료를 똑같이 배합해도 완성된 과자의 맛은 각기 다를 수 있다고. 남들이 그럴듯하게 만들어 놓은 레시피도 내 손에서 반죽이 잘못되면 불량 레시피가 되는 거라고. 수없이 도전하고 실패한 끝에야 자기만의 독특한 레시피를 만들어 낼 수 있다고 했다.

지나의 머릿속을 차지한 수많은 생각이 앞으로 살아갈 시간의 레시피라면 어떤 맛을 내는 쿠키가 나올지는 알 수 없는 일이었다.

지나의 가방 속에는 직접 구운 버터쿠키가 들어 있었다. 엄마는 쿠키 맛을 뭐라고 품평할까? 후드 티가 말한 편안한 맛이란 어쩌면 엄마 입에는 형편없는 맛일지도 모른다. 그래도 누군가에게는 '편안한 맛'이었으면 좋겠다.

이제 사흘 후면 위 센터와도 안녕이다.

고래를 기다리는 일

지난여름 엄마와 휴가를 다녀왔다. 여름 방학이 거의 끝나 갈 즈음이었다. 아빠는 바쁜 일이 있어 시간을 낼 수 없었다. 엄마와 단둘이 여행이라니. 좀 생뚱맞다 싶었지만 7년간 다닌 회사를 그만둔 엄마에게 남는 건 시간밖에 없다고 했다.

엄마는 맨 먼저 헤어스타일을 바꾸었다. 문제집을 풀다가 졸다 깬 나는 화장실에 가려고 거실로 나갔다가 전신 거울 앞에 서 있는 엄마를 보고 깜짝 놀랐다.

"엄마 거기서 뭐 해?"

엄마 발치에는 아무렇게나 잘린 머리카락이 징그럽게 흩어져 있었다. 어깨 뒤로 자연스럽게 구불구불한 파마머리가 제법 잘 어울렸었다.

"머리를 왜 잘라? 그것도 한밤중에. 귀신인 줄 알았단 말이야."

아니나 다를까, 엄마 표정이 묘했다. 우울한 것 같기도 하고, 심란한 것 같기도 했다.

"이렇게 자르니까 딴사람처럼 보이지 않아?"

엄마는 그 와중에 묻기까지 했다. 마음이 어지러울 때 머리카락에 화풀이를 한다고 해도 자야 할 시간에 자를 것 까지야 있나 싶었다. 사실 나도 제일 많이 공을 들이고 신경 쓰는 게 헤어스타일이었다. 마음이 들뜨거나, 다친 마음을 위로하고 싶을 때도. 괴롭다고 팔다리를 함부로 자르거나 지지고 볶고 할 수는 없을 테니까.

"내일 미용실 가. 그게 뭐야."

화장실에 들어가면서 한마디 했지만 엄마는 내가 방으로 들어올 때까지도 거울 앞에 그대로 서 있었다. 솔직히 그날 밤 엄마가 걱정되어 잠을 잘 못 이루긴 했다.

이튿날 아침 아빠가 구운 토스트를 앞에 놓고 귀퉁이가 탄 빵을 손으로 뜯어 먹다가 물었다.

"엄마 대체 왜 그런대?"

아이들도 시시해서 사춘기라는 말을 안 쓰는데, 그때나

부릴 법한 이상한 반항기에 접어든 것 같았다.

"많이 힘들었나 보다. 지쳤대."

"지쳤대?"

"그래, 사는 일에 지쳤단다. 딸내미가 좀 이해해 주라."

아빠도 감당이 안 된다는 표정이었다.

엄마가 머리칼만 자르지 않았어도 엄마 기분에 맞춰 주고 싶은 생각은 없었다. 초등학생 때도 어른들 틈에 끼여 놀기 싫었는데 중3씩이나 돼서 쫄래쫄래 따라가고 싶지 않았다. 나도 생각할 게 많고, 혼자 있을 시간이 필요했다. 아무튼 이번 여름휴가가 10대의 마지막 여행일 것 같은 생각이 들었다. 고등학생이 된 자식을 데리고 2박 3일씩 낙낙하게 여행이나 가자고 졸라 댈 간 큰 부모는 몇 명 없을 테니까.

"어디로 갈 건데?"

둘이 여행을 다녀오자는 엄마 말에 시큰둥한 목소리로 물었다.

"글쎄, 생각 중이다."

생각 중이라던 엄마는 5분도 채 안 되어 동의를 구하듯 물었다.

"갈 데가 있어. 엄마가 가고 싶은 데로 가도 되지?"

"거기가 어딘데?"

나는 좀 짜증 섞인 목소리로 되물었다. 말할 듯 말 듯 알 수 없는 표정으로 엄마가 빙긋 미소를 지었다.

"엄마 고향."

"거긴 왜 가고 싶은데?"

아니, 거기 가서 뭘 할 거냐고 묻는다는 게 잘못 튀어나왔다.

"너 생각 안 나? 너도 거기 한 번 갔다 왔잖아."

엉뚱한 소리였다.

"언제?"

"다섯 살 때. 아빠랑 같이. 그게 마지막이었어."

"그걸 내가 어떻게 기억해? 겨우 다섯 살 때였다면서. 엄만 다섯 살 때가 기억나?"

"기억나."

"엄만 다섯 살 때 뭘 하고 지냈는데? 누구랑 어디 어디를 다녔는데?"

기가 차서 내 목소리가 올라갔다.

"아니, 네가 다섯 살 때가 다 기억난다고."

웬 말장난이실까. 엄마는 제법 재치 있는 대답이었다고

생각하는지 킥킥거렸지만 나는 어이가 없어서 웃었다.

엄마의 고향으로 가는 길은 내비게이션이 알려 준 정보보다 훨씬 더 멀고 지루했다. 엄마에겐 추억이 살아 있는 길일지 모르지만 내 기억에는 없는 길이었다. 초반에만 말짱한 정신으로 창밖을 감상하다가 휴게소에 들렀을 때 말고는 이어폰을 꽂은 채 잠만 잤다. 졸음이 계속 쏟아졌다. 자다가 깨어 보면 엄마는 운전대를 두 손으로 꼭 잡은 채 앞만 보고 있었다. 일자로 쭉 뻗은 고속도로에는 울렁울렁한 물너울이 지는 것처럼 온통 내리쬐는 햇살만 가득했다.

잠을 완전히 깬 건 고속도로에서 국도로 접어들었을 때였다. 집들이 옹기종기 모여 있는 시골 동네가 이어졌다.

"이제 다 와 가?"

하품을 하며 물었다.

"조금만 더 가면 돼."

"어디서 묵을 거야? 호텔? 펜션?"

"가면 있겠지."

엄마는 태평한 목소리로 말했다.

"그런 것도 안 정해 놓고 막 가는 거야?"

"엄마가 다 아는 곳에 가는데 예약은 무슨……. 가 보면 있겠지."

"다 아는 곳이라고 무작정 가도 되는 거야?"

"설마 우리 모녀 잠잘 방 하나 없으려고. 거기도 사람 사는 데야."

엄마는 짐짓 들떠 있었다. 그동안 어떻게 참았는지 몰라.

"근데 왜 여태까지 한 번도 안 갔어?"

내가 다섯 살 때 가 본 게 마지막이라던 엄마 말이 떠올라서였다.

"마음의 여유가 없어서 아껴 두고 있었지. 가 보면 슬플 거 같기도 하고."

엄마 목소리에서 설렘과 슬픔이 교차하는 감정 상태라는 거, 느낌이 왔다.

"와, 진짜 멀다. 이렇게 먼 곳에서 왔다고?"

"얘는 엄마가 원시 시대에나 살았던 사람 취급이네. 버스 타고 기차 타고 왔다, 왜."

당연한 말인데도 내가 기대한 대답은 아니었다. 내가 기대했던 대답은 이를테면 먼 곳에 고향을 둔 소감 같은 거였다. 엄마는 내 의도를 알면서도 얘기하고 싶지 않은지 입을 다물었다.

국도에 들어설 때부터 조금만 더 가면 된다더니 그리고

도 한참을 더 달렸다.

　가장 먼저 들른 곳은 국도 변에 있는, 엄마가 졸업한 중학교였다. 야산 자락과 잇대어 방풍림 역할을 하는 울창한 가로수 때문에 학교 건물이 보일락 말락 했지만, 엄마는 학교로 진입하는 길을 알고 있었다. 소박한 농촌 마을 안쪽으로 들어서자 도로에서 바로 보이던 학교 건물이 저만치 멀어졌다가 다시 드러났다. 희한하게도 차가 지나가는 마을에서는 사람 하나 구경할 수 없었다. 마치 우리가 아무도 살지 않고 건물만 남은 이상한 마을의 방문자들처럼 느껴졌다.

　넓은 운동장 정면으로 보이는 건물은 새로 칠한 듯 초록색과 흰색, 황토색 색감이 유난히 선명해 보였다.

　"아, 어째 학교가 작아진 것 같네."

　"그만큼 엄마가 늙은 거겠지."

　엄마가 나를 째려봤다.

　우리는 텅 빈 운동장 한가운데를 터벅터벅 걸었다. 해는 건물 서쪽 끄트머리에 매달려 있는데 한낮의 열기가 남아 후텁지근했다.

　중앙 현관은 문이 활짝 열려 있었다. 나는 내 나이 때 엄마가 다녔다는 학교의 복도를 걸었다. 지금은 전교생이 60명도 안 되지만 엄마가 다닐 땐 400명이 넘었다고 했다. 교실마다 학생들로 꽉 차서 남는 공간이 없을 정도였다고. 과학실, 미술실, 음악실, 도서실 팻말이 붙은 곳을 지날 때마다 엄마는 옛날 생각이 나는지 발꿈치를 들고 안을 들여다보았다.

"우리 때는 다 좁았는데 두 개를 터서 하나로 만들었나, 공연장처럼 넓기만 하네."

엄마의 중얼거림 같은 작은 소리가 빈 복도에 크게 울렸다. 2층에서 1층으로 내려올 때 단정한 옷차림의 아저씨와 맞닥뜨렸다.

"어떻게 오셨습니까?"

아저씨가 다가오며 물었다.

"여기 졸업생인데요. 휴가 왔다가 옛날 생각이 나서 들렀어요."

"그러세요? 몇 회 졸업생입니까?"

아빠와 비슷한 나이대로 보이는 아저씨는 자신을 이 학교 교감이라고 소개했다.

"처음 뵙겠습니다. 저는 7회 졸업생이에요."

엄마는 교감 선생님이라는 말에 마치 학생 시절로 돌아

간 듯 긴장한 기색이 역력했다. 나까지 덩달아 긴장이 됐다.

"얼마 만에 오시는 겁니까?"

"졸업하고 처음이에요."

"아, 오랜만이시군요. 이삼십 년 만에 찾아오시는 분들도 간혹 있습니다. 차라도 한잔 대접해 드려야 하는데 퇴근 시간이 다 돼서요. 10분 뒤에 중앙 현관을 닫아야 해서. 죄송합니다."

"괜찮습니다. 괜히 폐만 끼쳤습니다."

엄마가 허리를 굽혀 인사했다.

교감 선생님만 만나지 않았다면 완벽하게 엄마와 둘이서만 비밀리에 다녀가는 건데. 신비감이 살짝 사라지긴 했지만 괜찮았다.

건물에서 나와 운동장을 가로지를 때 보니 엄마가 여전히 긴장된 표정을 하고 있어서 나는 그만 웃음이 터져 버렸고, 엄마는 벌겋게 달아오른 얼굴을 손바닥으로 꾹꾹 눌렀다.

엄마는 날이 완전히 어두워지기 전에 외갓집이 있던 골목 어귀에 차를 세웠다. 조그만 동네에 집이 몇 채 모여 있었다. 우리는 차 안에서 외갓집이 있던 자리에 들어선 붉은 벽돌집을 바라보았다.

"저 붉은 벽돌집 때문에 골목 구조가 완전히 바뀌었네. 네가 다섯 살 때만 해도 우리 집이 있던 자린데. 저기 옆집 있지, 저 집이랑 비슷하게 생겼었는데."

붉은 벽돌집과 떨어져 낮은 지붕에 차양 처마를 마루까지 덧낸 집이 보였다. 마당에는 호박 넝쿨이 넓게 자리한 텃밭이 있었다.

"저런 밭도 있었어?"

"있었지. 예전엔 집들이 다 비슷비슷했어. 딸기도 심고, 옥수수도 따서 쪄 먹었지. 네가 텃밭에 쪼그리고 앉아 딸기를 따 먹기도 했어. 넌 어릴 때부터 딸기 좋아했거든."

딸기를 싫어하는 애도 있나. 내가 다섯 살 때 저런 집 마당에서 딸기를 직접 따 먹었다니. 처음 듣는 얘기였다.

골목에서 나와 언덕처럼 낮은 산등성이 길을 넘자 조그만 항구 마을이 나타났다. 불빛들이 멀리 퍼지지 않고 동그랗게 한군데에 모여 있었다. 모여 있는 불빛과 떨어져 높은 데서 반짝거리는 불빛은 등대 불빛이라고 엄마가 말했다. 열어 둔 창문으로 바다 냄새가 물씬 풍겼는데 배만 더 고팠다.

"밥은 언제 먹을 거야?"

"잠잘 데를 먼저 찾아야 할 것 같은데."

"배고프다니까."

내 목소리에 짜증이 배어났다.

"그러게. 아직 숙소도 못 구하고 하나밖에 없는 딸내미 배도 쫄쫄 굶기고. 우선 밥부터 먹자."

엄마는 마을 한가운데로 들어서서 어느 식당 앞에 차를 세웠다.

동그란 간판에 횟집이라고 불이 들어와 있는 식당엔 손님이 아무도 없었다. 식당 아저씨가 싱싱한 오징어와 쥐치를 섞은 물회를 추천했다. 밥을 먹으면서 엄마는 식당 아저씨와 얘기를 주고받았는데, 아저씨는 이곳이 고향이 아니라 장사를 하러 들어온 타지 사람이었다. 엄마가 이곳이 고향이라고 하자 그러시냐고, 목소리를 높여 껄껄 웃었다. 엄마는 아저씨에게 묵을 만한 펜션이 있으면 추천해 달라고 했다.

"여기 가까운 곳에 싸고 깨끗한 민박집도 많은데 뭐 하러 펜션 찾아서 또 동네 밖으로 나가요?"

목청 큰 아저씨의 말은 꼭 화난 것처럼 들렸다.

"민박집요?"

엄마 얼굴에 화색이 돌았다.

"여기서 방파제 따라가다 보면 안쪽 골목으로 집이 몇 채 있어요."

"아, 알죠. 민박집을 생각 못 했네요. 10여 년 전만 해도 그런 게 없었거든요."

"농어촌 살리기다 뭐다 해 가면서 마을 공동 프로젝트로 민가를 지정 숙박업소로 등록한 집들이 있어요."

아저씨가 요즘 마을 돌아가는 이야기를 장황하게 늘어 놓았지만 나한텐 별로 재미없는 얘기였다. 엄마와 외식으로 먹어 본 적 있는 물회는 달달하고 시원해서 국물까지 한 방울도 남기지 않고 싹 다 마셨다. 아무래도 내 입맛은 엄마가 물려준 것 같다.

횟집 아저씨 말대로 엄마는 싸고 깨끗한 민박집에 만족스러워했다. 우리는 그 집에서 이틀 밤을 묵었다.

아침에 바다 보러 가자고 해 놓고 첫날에는 둘 다 늦잠을 자 버리는 바람에 실패했다. 침대가 아닌 방바닥에 깔린 이부자리인데도 폭신하고 편안했다. 집에서는 밤새 잠을 못 이루다가 새벽녘에나 잠든다더니, 엄마도 밤에 잘 잔 모양이었다. 아침에 눈을 떴더니 엄마가 방문을 활짝 열어 놓고 마당을 내다보고 있었다.

"오랜만에 푹 잤다. 어때, 기분 괜찮지?"

엄마는 기분이 좋아 보였다.

"응, 잘 잤어."

나는 게으른 고양이처럼 사지를 쭉 뻗어 기지개를 켰다. 그날 해야 할 숙제를 남겨 둔 것처럼 잠자리에 들면서도 걱정거리를 안고 자던 집과는 달라진 환경 때문인지, 오랜만에 먼 거리를 오느라 피곤이 쌓여서인지 나는 꿈도 안 꾸고 푹 자 버렸다.

엄마 어깨 너머로 마당을 멍하니 바라보고 있는데 안채에서 내 또래로 보이는 여자애가 나왔다. 지난밤에 숙박비 계산할 때 주인 할머니가 손녀딸과 둘이 산다고 한 말이 떠올랐다.

"엄마, 쟤, 중학생으로 보이지?"

"글쎄? 어젯밤에 할머니가 말한 손녀딸 같은데."

여자애는 우리가 소곤거리는 말을 듣기라도 한 듯 평상에서 고개를 돌려 우리 쪽을 바라보았다. 나는 고개를 쑥 내밀고 안녕하세요, 인사했다. 여자애가 웃었다.

"어젯밤에 오신 손님이죠? 할머니한테 얘기 들었어요. 고등학생이에요?"

여자애가 먼저 물어봐 줘서 다행이었다.

"아뇨. 중3인데요."

내가 기다렸다는 듯 얼른 대답했다.

"아하, 나랑 같구나. 근데 아침밥은 안 드세요? 우리 민박은 밥 안 팔아요."

"어제 할머니께 들었어. 밥은 사 먹어야 한다고 해서 이따가 나가서 먹으려고."

엄마가 대답했다.

"조금만 가면 횟집에서도 아침밥 팔아요."

"고맙다. 근데 이름이 뭐니?"

엄마가 물었다.

"김예진이에요."

"축현중학교 다니니?"

"네."

"반갑다. 나도 축현 졸업생인데."

"그럼 한참 선배님이네요."

김예진은 대답도 넙죽넙죽 잘했다. 찰랑거리는 단발머리에 가무잡잡한 피부. 키는 나보다 한 뼘쯤 더 커 보였다. 내가 아는 예진이와는 닮은 구석이 하나도 없는 애였다.

"이름이 뭐예요?"

예진이 물었다.

"이유주."

내가 얼른 대답했다.

설마 엄마 이름을 물었으려고.

"둘이 친구 하면 되겠네."

엄마가 웃으며 말했다.

점심때가 되기 전에 민박집을 나섰다. 나는 휴대폰으로
음악을 듣거나 예진이와 얘기를 나누거나 하면서 뒹굴고
싶었는데 배가 고프니 따라나설 수밖에 없었다. 엄마는 장
터에 들렀다가 해수욕장에 갈 거라고 했다. 민박집 낮은
담벼락에 바싹 붙여 주차한 엄마 차에 올라타자 벽화가 눈
에 띄었다. 어제는 밤이어서 보지 못했다.

"엄마, 저거 봐."

"고래네."

"나도 알아."

고래는 제법 크고, 예뻤다. 등이 탱탱하고 검푸른 어미
고래와 새끼 고래가 마주 보고 있고 어미 입에서는 동글동
글한 물방울이 피어오르고 있었다.

"저 고래 누가 그렸을까?"

차가 출발할 때 뒤를 힐끔 돌아보며 중얼거렸다. 다른

집 담벼락에는 아무것도 없고, 우리가 묵는 민박집 담벼락에만 고래가 그려져 있었다.

"엄마가 어릴 때 외할아버지가 고래를 잡은 적이 있어."

"정말?"

"외할아버지가 조업을 나간 배의 그물에 고래 한 마리가 걸렸대. 고래를 끌고 세 시간이나 달려 항구에 들어왔는데, 그물이 거의 찢어질 지경이었대."

"얼마나 큰 고래였는데?"

"엄마가 직접 본 건 아니야. 외할아버지 말로는, 작은 고래였는데도 큰 산 하나를 끌고 오는 것처럼 무거웠대."

"그 고래 불쌍하다."

"그땐 고래잡이배가 많았어. 고래를 보호하는 법이 만들어지기 전이었으니까."

엄마는 끝까지 다 읽지 못했지만 『모비 딕』을 읽어 보라고 했다. 엄마도 다 읽지 않은 책을 나더러 읽어 보라니. 나는 휴대폰으로 『모비 딕』을 검색했다. 엄청 두껍고 글자도 빽빽하게 많은 책이라고 엄마가 말했다. 검색창에 올라온 정보를 읽는 것만으로도 머리가 지끈거렸다.

"민박집 담벼락에 있는 고래 그림 말이야, 엄마. 그것도 옛날에 이곳에서 고래가 잡혔던 걸 알고 그리지 않았을까?"

"그랬겠지? 아니면 지금도 고래가 나타나거나."

엄마는 외할아버지 생각이 나는지 목소리가 가라앉았다.

엄마한테 말은 안 했지만, 얼굴 한 번 본 적 없는 외할아 버지가 조금 전 『모비 딕』검색창 카테고리에 올라온 영화 포스터의 배우들 중 한 사람과 닮지 않았을까 하는 엉뚱한 생각을 했다. 거칠고 우락부락하게 생긴 어부. 외할아버지 사진을 본 적은 있는데 기억나지 않았다.

"저기도 내 동창 집이야. 지금은 모르겠지만."

엄마가 길가에 스쳐 지나가는 파란 지붕을 턱짓으로 가 리키며 말했다.

"여기까지 와 놓고 친구는 안 만나?"

"만날 만한 친구는 다 도시로 가서 살고 있거든."

엄마는 마을의 집들과 골목길, 풍경을 하나하나 눈여겨 보듯 운전대에 가슴팍을 붙인 채 천천히 차를 몰았다.

"엄만 여기서 태어났다고 했잖아. 그럼 외할아버지랑 외할머니도 여기 사람이야? 다른 친척은 아무도 없어?"

"없어. 외할아버지랑 외할머니는 여기서 먼 섬이 고향 인 사람들이야. 결혼해서 육지로 나와 산 거야. 엄마가 어 릴 때도 친척은 없었어."

"꼭 옛날이야기 같네."

"호랑이 담배 피우던 시절은 아니지만 너한텐 옛날이지. 국사책에서 배우는 그런 시절 이야기."

엄마가 호호거리며 말했다.

"그러고 보니 참 신기하다."

"뭐가?"

"엄마가 태어난 동네를 다 보고."

"그러게. 신기하긴 하다. 내가 태어나 자란 곳을 이만큼 큰 딸내미랑 와 보고."

"허무한 게 아니고?"

"허무? 제법이네."

엄마가 헉 소리를 내며 웃었다. 어이없다는 뜻이겠지?

민박집에서 30분 정도 떨어진 읍내로 나왔다. 엄마는 넓은 재래시장 안으로 들어섰다. 어릴 때 외할머니 따라 장날에 몇 번 왔던 생각이 나서 어떻게 변했는지 꼭 한 번 와 보고 싶었다고 했다.

장날이 아니어서 아쉬웠지만 그래도 볼거리는 이것저것 있었다. 문을 연 상점들은 대부분 건어물 가게였다. 엄마가 건어물 가게들을 둘러본다고 해서 나는 문 닫힌 가게 앞 평상에 앉아 휴대폰으로 찍은 사진을 들여다봤다. 본래 모양을 그대로 살려서 박제처럼 말린 무시무시하게 생긴 생선인데 엄마가 아귀라고 알려 줬다. 친구들 단톡방에 아귀 사진을 올렸다. 그러고는 '고래 대신'이라고 메시지를 달았다. 단번에 댓글이 올라오기 시작했다. 뭥미? 아, 징그럽다. 그거 먹는 거야? 어디야? 누구 약 올리니? 폭죽처럼 쏟아지는 질문에 답을 찍느라 손가락이 바빴다. 집에서 340킬로미터 떨어진 먼 곳에 와 있다는 게 실감 났다.

한참을 그러고 있었지만 엄마는 아직도 멀찌감치 떨어진 어느 건어물 가게 앞에서 돌아올 줄 몰랐다. 번들거리는 비닐 앞치마를 두른 여자랑 얘기를 나누고 있었는데, 칼국숫집에 점심을 먹으러 들어가서야 엄마가 중학교 때 친구를 만났다고 했다.

"친구라는 걸 어떻게 알았어?"

"왜 몰라. 얘기 몇 마디만 하면 금방 알지. 똑같았어."

"애걔, 어떻게 10대 때랑 마흔다섯 살이 똑같아?"

"하여튼 똑같았어."

말도 안 되는 소리로 우기기는.

"엄마, 예진이 생각나지?"

"어디서 들어 본 이름인데?"

엄마는 민박집 김예진을 긴가민가 떠올리는 게 분명했다.

"초등학교 때 나랑 단짝이었던 박예진이."

"아, 그 예진이? 기억나지."

엄마가 고개를 주억거렸다.

엄마가 박예진을 기억 못할 리 없었다. 똑똑하고 예쁜 친구라고 박예진만 보면 그랬으니까. 박예진은 우리 집을 좋아했다. 학원도 같이 다녔는데, 학원 수업이 끝나면 내 옆에 딱 붙어서 우리 집에 가면 안 되냐고 물었다. 왜 자꾸 우리 집에 가자고 하는지 물은 적이 있었다. 박예진은 우리 집이 편해서 좋다고 했지만, 나중에야 고백했다. 박예진의 엄마는 집에 친구 데려오는 걸 아주 싫어한다고.

"걘 캐나다인가 어디로 유학 갔다고 하지 않았니?"

"6학년 때 캐나다로 홈스쿨링 갔어. 엄마도 기억나지? 걔, 캐나다 가기 전에 우리 집에서 하룻밤 잔 거."

"기억나."

그날, 엄마가 차려 준 저녁을 먹고 나서 박예진이 우리 집에서 나랑 자고 싶다고 말했다. 엄마가 부모님한테 허락 받았느냐고 묻자 자기 엄마에게 전화 한 통만 해 달라고 부탁했다. 며칠 후면 박예진이 떠나는데 그만한 부탁 하나 못 들어주느냐고 나도 엄마를 졸랐다. 엄마는 마지못해 박예진의 엄마와 통화했고, 어렵게 허락을 받아 냈다. 그날 우리는 날이 새는 줄도 모르고 속닥거리다 늦잠을 자 버렸다. 다음 날이 일요일이었는데, 엄마가 월요일이라고 농담을 하는 바람에 둘 다 기절할 듯 놀랐다.

"그런데 걔는 왜?"

"방학하는 날 만났거든."

"유학 갔다가 왔나 보구나."

"벌써 왔을걸? 홈스쿨링 갈 때도 1년이라고 했으니까."

"연락하고 지냈니?"

나는 고개를 저었다.

"만났다면서?"

"우연히. 근데 박예진이 나를 모른 척했어."

그날 일을 길게 설명하기 귀찮았다. 갑자기 칼국수 맛도 뚝 떨어져 버렸다. 정말로 박예진은 나를 몰라봤을까? 엄마는 30년이 지난 친구도 바로 알아봤다는데.

방학하는 날 친구들이랑 화장품 할인 마트에 들렀다. 장난감처럼 자그마한 바구니를 들고 매장을 천천히 돌았다. 가게 안은 우리처럼 바구니를 들고 삼삼오오 몰려다니는 애들로 붐볐다. 상품 진열대 코너에서 거울 앞에 서 있는 여자애와 눈이 마주쳤다. 여자애는 거울에 얼굴을 들이밀고 눈썹을 그리고 있고, 그 여자애 옆에는 같은 학교 교복을 입은 여자애가 딱 붙어 있었다.

눈썹을 그리고 있는 애는 박예진이었다. 나는 박예진을 한눈에 알아봤다. 박예진도 거울 속에 겹친 나를 빤히 쳐다봤다. 박예진 옆에 있던 여자애가 예진아, 너 진짜 눈썹 잘 그린다, 하고 말해서 내 확신은 더욱 굳어졌다.

"너, 박예진이지?"

거울 속의 박예진이 나를 돌아봤다.

"나야, 이유주."

내가 반가운 목소리로 말했다.

"아는 애야?"

박예진 옆에 서 있던 여자애가 같이 고개를 돌려 나를 보며 물었다.

그렇다고도 아니라고도 대답하지 않은 채 잠시 입을 벌리고 나를 쳐다보던 박예진이 입을 다물고는 친구를 끌고 계산대로 갔다. 가면서 뒤를 한 번 힐끔 돌아보긴 했지만 그게 다였다. 2, 3분쯤 어벙한 시간이 흘러가면서 내가 뭔가를 생각하는 사이에 박예진은 친구와 함께 서둘러 매장을 나갔다. 이건 뭐지? 내가 잘못 보고 잘못 들었나? 세상에 뭐 이런 일이 다 있지?

며칠 동안이나 그날 일을 복기해 봤지만 아무리 생각해

도 이해할 수 없었다. 박예진이 우리 집에서 하룻밤을 잔 건 캐나다로 떠나기 일주일 전의 일인가 그랬다. 돌아오면 꼭 다시 만나자는 약속도 했다. 그러고는 소식이 끊겼다. 그건 내 잘못이 아니었다. 연락을 끊은 쪽은 박예진이었으니까. 전화번호가 바뀌었는지 그 뒤로는 연락도 되지 않았다. 30년도 아니고 3년인데 어떻게 나를 모를 수가 있지? 아무리 생각해도 수수께끼 같았다.

점심을 먹고 나서 해수욕장으로 갔다. 소나무에 둘러싸인 모래밭은 꽤 긴 반원형이었다. 휴가철이 지나서인지 너른 모래밭에 드문드문 사람들이 보였다. 엄마와 나는 바닷물에 발을 담근 채 이쪽 끝에서 저쪽 끝까지 걸으며 사진을 찍었다. 수평선을 등지고 엄마와 찍은 셀카를 아빠에게 전송했다. 모래밭에 엄마와 나란히 앉아 포슬포슬한 모래 속에 발을 묻고 바다를 바라보았다.

"친구들이랑 외할머니 몰래 여기로 놀러 오곤 했는데 처음 온 것처럼 낯선 느낌이네. 가슴도 막 두근거리고."

"나도 그랬어."

"뭐가?"

"박예진이 봤을 때."

어디선가 나타난 배 한 척이 수평선을 따라 기우뚱거리며 지나가고 있었다.

"엄마, 박예진이 분명 나를 알아보는 것 같았거든. 근데 왜 모른 척했을까?"

"그럴 리가. 몰라봤을 수도 있지 않을까?"

"어떻게 나를 몰라봐. 엄만 30년 된 친구도 알아봤다고 했잖아."

"처음엔 몰라봤지. 몇 마디 얘길 나누면서 한참 동안 봤더니 옛날 모습이 떠올랐어. 언뜻 스쳐 갔더라면 모를 뻔했어."

"나는 겨우 3년밖에 안 됐는데."

"어리둥절하지 않았을까? 준비가 안 됐는데 네가 갑자기 자기 앞에 나타나서. 아니면 그동안 무슨 말 못 할 사정이 생겼거나."

"아무리 그래도 그렇지."

"그럴 때 있어. 시간이 지나면 걔도 후회하지 않을까? 너를 놓친걸."

솔직히 엄마 말이 이해되지는 않았다.

"시간이 지나면 알게 될 거야."

엄마가 덧붙였다.

눈앞으로 지나가던 배가 어느 순간 수평선을 넘어갔는지 보이지 않았다. 눈두덩을 비벼 봤지만 배는 감쪽같이 사라지고 드넓은 바다에 물비늘만 반짝거렸다.

저녁을 먹고 늦게야 민박집에 도착했다. 마지막 밤이었다.

마당 한가운데 놓인 평상에 김예진이 나와 있었다. 웃을 때 한쪽 덧니가 드러나던 애, 내가 알던 박예진과 이름 두 글자만 같을 뿐인데 예진아 안녕, 하고 인사했을 때 느낌이 남달랐다. 가까이 다가가자 예진이 기다리기라도 한 듯 손바닥으로 옆자리를 쓸어 주며 앉으라고 했다.

"여기선 바다가 안 보이지만 가까이 있다는 건 알아."

예진이 말했다.

"어떻게?"

"공기 속에서 바다 냄새가 나잖아. 바다 보러 갈래?"

나도 예진이와 얘기를 더 나누고 싶었다. 씻으러 들어가는 엄마에게 예진이와 동네 산책하러 나간다고 하자 엄마가 멀리 가지 말라고 소리쳤다. 우리가 뭐 어린앤가?

"그런데 담벼락에 있는 고래 그림은 누가 그린 거야?"

민박집을 나서면서 내가 물었다.

"내가 그렸어."

"정말? 솜씨가 좋네."

"뭘. 미술반 애들은 다 저 정도는 그려."

"미술반이구나. 그럼 나중에 미대 갈 거야?"

"그야 모르지. 내가 뭘 하게 될지는. 넌 뭘 하고 싶어?"

"아직은 모르겠어. 우리 엄만 글을 쓰고 싶었다는데 그 냥 평범한 회사원이 됐거든. 지금은 그만뒀지만. 근데 고 래는 직접 봤어?"

"아니, 우리 동네 앞바다로 지나가는 고래를 텔레비전 에서 봤어. 직접 보진 못했지만 고래가 산다잖아. 오늘 밤 에도 저 앞바다로 떼 지어 지나갈지 모르고."

예진의 목소리는 들떠 있었다.

"나는 매일매일 고래를 기다려. 고래를 기다리는 일은 파도를 기다리는 일이기도 해. 고래는 언제나 파도를 부수 며 달려오거든. 언젠간 나한테도 찾아오겠지? 나는 여길 떠나도 다시 찾아올 거야. 고래 보러."

우리는 방파제 끝까지 걸어갔다. 바로 코앞에 검은 바다 가 있었다.

"바다가 안 보여."

내가 자그마한 목소리로 말했다.

"난 보여. 눈 감고 있어도."

예진이 꿈꾸듯 말했다.

"정말?"

"응. 마음으로 보면 보인다는 말 있잖아. 난 그 말을 믿어."

나는 고개를 끄덕였다. 보이지도 않을 내 고갯짓에 응답이라도 하듯 예진이 말했다.

"우리 할머니가 그러는데, 사람은 눈으로만 다 볼 수 있는 건 아니래."

눈을 감자 바다 내음이, 잔파도 소리가 더 선명하게 들렸다. 한참 만에 눈을 뜨자 멀리서 점멸하는 등대 불빛이 보였다. 등대 불빛이 스치고 지나갈 때마다 마치 밑그림을 그려 놓은 그림에 색칠을 하듯 농도가 다른 검은빛의 바다가 드러났다 사라졌다.

"아, 저기 고래다!"

갑자기 예진이 크게 소리를 질렀다. 장난인 줄 알면서도 나도 소리를 질렀다.

"진짜야?"

예진이 큰 소리로 웃음을 터뜨렸다. 나도 따라 웃었다. 믿을 수 없는 일을 기다리듯 예진은 고래를 기다리는 거겠지. 그 마음을 조금은 알 것 같았다. 나와 눈이 마주쳤던 거울 속 박예진의 얼굴이 떠올랐다. 언젠가 그 애의 눈빛을 이해하게 될 날이 올까.

우리가 묵었던 민박집은 따로 이름이 없었다. 대문에 조그맣게 붙은 철 조각에 민박집 번호만 적혀 있었다. 예진이 담벼락에 그려 놓은 고래 그림을 보고 엄마와 내가 붙인 이름이 고래민박집이었다. 예진은 나중에 이곳을 다시 찾아오려면 담벼락 고래 그림을 보고 찾아오라고 했다.

여름휴가를 보내고 와서 엄마는 예전처럼 활기를 되찾았다. 쉴 만큼 쉬었으니 뭘 배우거나 직장에 이력서를 넣어 보거나 해야겠다며 이것저것 준비했다. 다행히 이전에 하던 일과 연계된 직장을 구해 두 달 전부터 출근하기 시작했다. 전에 다니던 회사보다는 규모가 좀 작지만 만족한다고 했다. 운이 좋았다고 했다.

"엄마, 예진이 생각나?"

겨울 방학이 시작됐을 때 내가 물었다.

"예진이? 걔를 또 만났어?"

"아니. 엄마 후배 예진이."

엄마가 아득한 표정을 지었다.

"여름휴가 가서 만났잖아."

"아아……."

엄마는 말끝을 흐렸다. 30년 된 친구도 알아봤다면서, 겨우 몇 달 전 일을 기억하지 못해 고장 난 형광등처럼 깜빡거리다니.

"걔가 내년에 또 놀러 오래."

"걔랑 연락하니?"

"가끔. 휴대폰 번호만 있으면 다 연결되잖아."

"대학 들어가면 그때나 다시 가 봐. 지금은 공부할 때다."

그럼 그렇지. 엄마와 추억이 어쩌고저쩌고하는 얘길 나누기엔 감성적으로 차이가 나도 너무 난다.

나는 엄마와 대화창을 닫아 버리듯 내 방으로 들어와 방문을 탕 소리 나게 닫아 버렸다. 대학생 되면 그때 배낭 메고 친구랑 가면 되잖아, 유주야, 엄마 말 듣고 있지? 고함치는 소리가 들렸지만 공허하게 느껴질 뿐이었다. 예진이 기다리는 고래를 나도 기다릴 수밖에.

폴카를 추다

아빠가 나를 데리고 여관 달방에 들어온 지 한 달이 넘었다. 겨울 방학 때 딱 한 달만 있자고 했지만 아빠의 약속 따위는 처음부터 믿지 않았다. 걸핏하면 아빤 걱정하지 마라, 하고 큰소리를 빵빵 쳤지만 지킨 적이 없었다.

　여관방은 할머니와 살던 공터 한쪽의 다 찌그러진 집보다 깨끗했고, 우리 물건은 커다란 가방 두 개에 담으면 끝이었다. 할머니와 살던 집은 방에건 부엌에건 물건들이 꽉꽉 차 있어서 발 디딜 틈이 없었다. 할머니는 깨진 바가지도, 구멍 난 양말도 버리지 못하게 했다. 반으로 부러진 효자손도 누런 박스 테이프로 붙여서 못에 걸어 두었다. 한 번씩 집에 들를 때마다 아빠는 발로 물건들을 툭툭 걷어찼다.

"죽을 때 지고 갈 것도 아닌데 이따위 잡동사니들은 뭣 하러 끌어안고 살아."

아빠가 할머니에게 괜한 심술을 부리곤 했지만 그때뿐 이었다.

할머니는 끓어오를 듯 기침을 하면서도 밖으로 돌아다 니며 온갖 고물을 주워 들였다. 나는 할머니의 색색거리는 숨소리 때문에 한밤중에 자주 깨곤 했다. 물건들로 꽉 찬 방 안이 할머니의 기침 소리만큼이나 부풀어 오르는 느낌 때문에 숨을 쉴 수가 없어서였다. 하지만 할머니가 돌아 가신 뒤, 남은 건 학교에 메고 다니던 내 책가방 하나뿐이 었다.

달방 근처는 철거 예정 지역이다. 시무룩한 불빛이 죽 이어지다 웅덩이처럼 어둠 속에 푹 꺼진 집들이 이어지기 도 했다. 길 건너편에는 똑같은 건물 세 개가 있는데 가운 데 중고 가구점 건물만 살아 있었다. 가구점 3층 창문엔 큼 지막하게 '대륙유통'이라는 글자가 붙어 있지만 불이 들어 온 적은 한 번도 없었다. 아코디언 아저씨가 사는 옥탑방 엔 가끔씩 불이 들어오지 않기도 했다. 만약 할아버지의 가구점이 문을 닫는다면…… 저 건물도 옆에 붙어 있는 두 건물처럼 죽은 거나 다름없어 보일 거다.

가구점 앞은 장롱, 사무용 책상과 의자, 싱크대까지 뒤죽박죽된 가구들이 인도를 반이나 차지하고 있었다. 아무도 가구를 사러 오지 않아도 가구점 할아버지는 밖에 내놓은 가구들을 손질하느라 늘 바빴다. 할아버지는 날마다 헌 가구의 흠집을 메워 새로 칠을 하고 찌든 때를 닦아 광택을 내고 부러진 다리를 고쳤다. 인생이 돌고 도는 것처럼 물건들도 돌고 돌다 생을 마감하는 건 같은 이치라고 할아버지는 말했다.

　할아버지의 하루는 지루하고 재미없었다. 아침 10시에 문을 열고 헌 가구들을 손보다가 직접 수리한 옴폭한 흔들의자에 들어앉아 텔레비전을 켜 놓은 채 졸았다. 날이 어두워지면 길거리에 내놓은 가구들을 가게 안으로 들이고 문을 잠근 뒤 퇴근했다. 할아버지가 집으로 가고 나면 가구점 건물은 지나가는 차들이 내쏘는 불빛에 헌 가구처럼 드러났다.

　나는 헌 가구들의 흠집이 어떻게 감쪽같이 사라지는지 안다. 한 번은 짙은 고동색 의자 앞에 쪼그려 앉은 할아버지의 손에 굵은 매직펜이 들려 있는 걸 봤다. 할아버지는 의자 다리 모서리의 하얗게 까진 틈에다 매직펜을 꼼꼼히 칠하느라 끙끙댔다. 흠집은 한 군데만이 아니라서 할아버지는 의자를 사방으로 빙빙 돌려 가며 칠했다. 그러고는 턱에 걸치고 있던 큼지막한 마스크를 덮어쓰고 눈만 내놓은 채 래커 통을 흔들어 댔다. 짤랑짤랑 구슬이 세차게 부딪치는 듯한 소리가 났다. 래커 통에서 액체가 분사될 때 나는 할아버지 등 뒤에서 그 냄새를 흠흠 들이마셨다. 비 오는 날 주유소 앞에 고인 물에서 나는 냄새, 색깔로 치자면 일곱 빛깔 무지개 같은 그 냄새가 좋았다.

의자는 여러 가지였고 칠하는 색깔도 여러 가지였다. 빨강 스툴을 칠할 때는 빨강, 노랑 스툴을 칠할 때는 노랑을 썼다. 스툴은 가끔 할머니와 머리를 자르러 가곤 했던 동네 미용실에서 본 것과 똑같았다. 스툴에 올라앉으면 살이 탱탱한 여자의 무릎에 올라앉은 듯한 기분이 들었다. 타조 다리처럼 생긴 의자 다리와 납작하게 퍼진 다리 밑판까지 칠하고 난 뒤 할아버지는 두어 발짝 물러서서 칠이 고르게 되었는지 살폈다. 반질반질 윤이 나게 단장된 말끔한 의자를 보면 아무 이유도 없이 침을 뱉고 싶었다.

세상에서 가장 나쁜 건 아무도 모르는 사이에 감쪽같이 사라지는 거다.

그날 나는 크고 작은 솥단지와 냄비, 가스레인지와 프라

이팬, 밥그릇과 국그릇, 포크와 숟가락 젓가락, 네모난 밥 상이 담긴 커다란 플라스틱 바구니를 들고 아파트 단지로 갔다.

"멀리 가면 안 돼. 요 앞 아파트 놀이터에서만 놀아야 해."

고개를 푹 숙인 채 젖은 머리의 물기를 탁탁 털면서 엄마가 말했다. 보랏빛이 도는 긴 머리카락에 가려져서 엄마 얼굴은 보이지 않았다.

집 근처 아파트 단지 놀이터에는 아이들이 많았다. 나보다 나이가 한두 살 많은 초등학생 언니들과 어울려 놀았다. 내 살림살이인데 언니들은 자기들 것처럼 굴면서 나한테는 심부름만 시켰다. 풀을 뜯어다 찌개를 끓이고 모래로 밥을 해서 상을 차려 언니들 앞에 대령했다. 기분이 틀어지면 이건 내 거야, 상을 엎어 버리면 그만이었지만, 그 언니들이 가 버릴까 봐 눈치를 살살 봐 가며 냠냠냠 맛있게 먹고 설거지까지 내가 했다.

소꿉장난에 재미를 잃은 언니들이 건너편 학교 운동장으로 몰려갈 때 나는 따라가지 않았다. 혼자서 내일 아침과 점심, 저녁까지 해 먹고 집에 돌아왔을 때 엄마는 집에 없었다.

생각하지 않으려 해도 저절로 스르르 기억나던 엄마 얼굴이 어느 날부턴가 아무리 생각해도 떠오르지 않았다. 엄마 얼굴을 기억해 보려 애쓸수록 귀신처럼 거꾸로 축 늘어진 보랏빛 머리칼밖에 떠오르지 않았다.

　뭐가 기억날 듯 말 듯 할 때마다 발가락을 꼼지락거리는 버릇이 생겼다. 실내화 속에서 발가락이 무슨 짓을 하는지는 아무에게도 들킬 염려가 없었다. 선생님에게 야단을 맞거나 친구들과 눈싸움을 하다 기가 밀릴 때도 저절로 발가락이 꼼지락거렸다. 발가락이 양말을 뚫을 듯 올록볼록할 땐 아무것도 눈에 보이지 않았다. 해볼 테면 해봐, 하는 배짱 같은 게 생겨서 무서운 게 없었다. 대개 친구들은 그런 나에게 미친년! 하면서 돌아섰지만, 그러면 어때? 미친 건 내가 아니라 자기들이니까.

　할머니와 함께 살게 된 뒤로 걸핏하면 할머니 발치에 누워 두 발을 내밀었다.

　"만져 줘."

　할머니는 힘들고 귀찮다고 하면서도 굳은살이 많은 꺼끌꺼끌한 손으로 발바닥을 꾹꾹 누르고 발가락까지 훑어 주었다. 그럴 땐 머리부터 발끝까지 쓰다듬으며 위로해 주는 기분이 들었다. 내가 감기에 걸려 열이 심하게 오를 때도, 잠이 오지 않아 뒤척일 때도 할머니가 발바닥을 만져 주기만 하면 스르르 잠이 오고 저절로 낫는 것 같았다.

"에미가 새끼 버릇도 더럽게 들여 놔서는 늙은 년을 애 먹여."

할머니는 내 발바닥을 만져 줄 때마다 중얼거렸지만 나는 눈을 꼭 감고 못 들은 척했다.

언젠가 장롱 밑으로 굴러간 동전을 꺼내려고 효자손을 휘저었더니 돌잔치 때 엄마가 나를 안고 찍은 사진이 튀어 나왔다. 머리를 동그랗게 올리고 예쁘게 화장한 엄마는 환하게 웃고 있었다. 아, 하고 탄성을 질렀다. 그건 엄마가 예뻐서가 아니라 이제껏 상상한 것과는 다른 얼굴이었기 때문이다.

할머니의 오래된 반짇고리나 장롱 밑바닥엔 내가 모르는 엄마 얼굴들이 꼭꼭 숨어 있을지도 모른다고 생각했는데, 이제 더는 엄마 얼굴을 찾을 수가 없게 돼 버렸다. 내가 학교에 간 사이 할머니 집은 불에 타서 초콜릿처럼 까맣게 녹아 버렸다. 구급차에 실려 간 할머니가 산소마스크를 쓰고 중환자실에 있는 동안 나는 병실 밖 유리문에 매달려 나도 모르게 발가락을 세차게 꼼지락거렸다. 멈추려고 해도 멈춰지지 않았다. 할머니까지 사라져 버린다는 건 나쁜 것 중에서도 최악이었다.

　달방으로 들어온 뒤 나는 거의 매일 창문에 붙어 서서
건너편 가구점 건물을 골똘히 바라보았다. 어느 날 갑자기
가구점 건물도 다른 건물들처럼 텅 비어 버리고 가구점 할
아버지와 아코디언 아저씨마저 감쪽같이 사라져 버릴까
봐 불안했다. 가구점 건물도 곧 헐릴 거라고 아코디언 아
저씨가 말했다.

　아코디언 아저씨를 알게 된 건 달방으로 들어온 지 며
칠이 지나서였다. 가구점에서 내놓은 의자에 앉아 있는 내
게 다가온 아저씨가 몇 살이냐고 물었다. 나를 빤히 바라
보면서 묻던 아저씨 표정이 지금도 생생하다. 가시 박힌
선인장에 온몸을 찔리면 그런 표정이 될까? 아무튼 아코
디언 아저씨가 넌 몇 살이니? 묻는데 내 살갗이 가시에 찔
린 것처럼 나도 모르게 인상이 찡그려졌다. 그래서 대번에
저, 열세 살이에요, 하고 대답할 수가 없었다. 다음에 무슨
말을 하는지 기다려야 했다.

　그런데 아저씨는 입을 반쯤 벌린 채 내 대답을 기다리
고 있었다. 입을 꼭 다물고 아저씨를 빤히 쳐다본 게 미안
해서 내 친구 얘기를 해 줬다. 내 친구 중에도 말을 더듬는

애가 있는데 화가 나면 말이 부서진 사탕 가루처럼 마구 튀어서 아무도 알아들을 수가 없다고, 좀 불편하긴 하지만 난 상관없다고 말했다.

"친구들이 걔를 따돌려서 학교에 와도 저하고만 얘기해요."

그러자 아코디언 아저씨가 무릎에 안고 있던 아코디언 가방을 열어서 짠, 하고 건반을 눌러 기쁨의 화답을 했다. 아저씨의 표정이 나팔꽃보다 더 환하게 펴졌다. 그럼 네 이름은 뭐냐고 묻는 아저씨의 자음과 모음은 내 친구 말처럼 부서진 사탕 가루 같았지만, 아저씨한테 얘기한 것처럼 정말이지 하나도 불편하지 않았다.

그 뒤로 아코디언 아저씨는 나만 보면 어깨를 툭 치며 어이, 친구, 하고 불렀다. 가구점 할아버지는 어이없는 표정으로 우리를 바라보았다. 그치만 나는 할아버지는 무시해 버리고 아코디언 아저씨를 보고 씽긋 웃어 주었다. 열세 살을 우습게 보면 큰코다친다는 걸 할아버지도 깨달을 날이 올 거다.

아코디언 소리는 피아노 소리와 달리 굵고 컸다. 피아노보다 훨씬 묵직하고 왠지 모르게 슬프게 들렸다. 아저씨가 연주하는 모습은 더없이 멋졌다. 아저씨 연주를 처음으로 들었을 땐 넋이 빠져 입을 딱 벌리고 있었다.

"아저씨, 이건 무슨 노랜데요? 아저씨, 무슨 노래예요?"

두 번이나 묻자 그제야 아저씨가 설명해 줬다. 인내심을 가지고 들어야 했다.

"유명한 러시아 작곡가가 만든 연주곡이다. 난 이 곡에 반해서 아코디언을 연주하게 됐어. 쇼스타코비치의 왈츠 2번. 예전에 어떤 부부가 서울역 광장에서 아코디언으로 이 곡을 연주했는데 그때 내 삶이 확 달라지는 걸 느꼈지. 집으로 달려가 다락방으로 기어 올라갔어. 아버지가 남긴 아코디언이 다락방 어딘가에 뒹굴고 있었거든. 아버진 내가 아주 어렸을 때 모란시장에서 아코디언을 켜면서 약을 팔았어. 아버지가 보던 낡은 악보를 펴 놓고 집에 틀어박혀서 아코디언만 끼고 살았지."

여기까지 말하는 데 5분쯤 걸렸다.

아저씨는 세상 사람들과 말하고 싶었단다. 학교에 다닐 때 아저씨도 친구가 없었다고 했다. 아코디언이 아저씨의 말을 대신해 주리라고 믿었다. 내가 그 노래에 빠져 자꾸 자꾸 연주해 달라고 조르자 아저씨는 다시 쇼스타코비치의 왈츠를 켜면서 나한테 춤을 춰 보라고 했다.

"어떻게요?"

"그냥 팔짝팔짝 뛰면 돼. 네가 하고 싶은 대로."

나는 아저씨 말대로 폴짝폴짝 뛰었다. 가구점 옥상이 들썩들썩하는 기분이 들었지만 단단한 시멘트 바닥에서는 사실 콩콩 소리만 날 뿐이었다. 그래도 옥상이 무너져라 마구 신나게 뛰었다. 아저씨 얼굴에도 웃음이 가득했다.

"근데 이건 무슨 춤이에요?"

"글쎄, 폴카 아닐까?"

"폴카가 뭐예요?"

숨이 턱까지 차오른 내가 헉헉거리며 물었다. 아저씨는 잠깐 생각해 보더니 온몸을 흔들어 대면서 말했다.

"나팔꽃 같은 예쁜 치마를 입은 아가씨들이 남자 친구와 손을 맞잡고 폴짝폴짝 뛰면서 신나게 추던 춤 같은데?"

주름상자를 접었다 폈다 하며 건반을 짚는 아저씨의 손을 쳐다보면서 나는 더 신나게 폴짝폴짝 뛰었다. 아저씨의 손가락은 오동통했다. 키는 작달막했다. 볼 때마다 입고 있는 붉은색 점퍼의 소맷부리는 때에 절어서 빤질빤질했다. 눈을 감고 건반을 짚는 아저씨를 보고는 나도 눈을 감아 버렸다. 몸이 공중으로 붕 뜨는 것 같았다. 팽팽하게 조여진 트램펄린에 올라서서 높이 뛰어오를 때처럼 팔이 저절로 아래위로 흔들리고 땀이 배어나왔다.

그날부터 나는 걸핏하면 폴카를 추듯 폴짝거리면서 아코디언 아저씨가 켜던 곡을 흥얼거렸다. 그러다 보면 끊고 싶어도 제멋대로 마구 흘러나와서 밥을 먹을 때도 나도 모르게 흥얼거리고 있었다.

하지만 아코디언 아저씨는 자주 만날 수 없었다. 아저씨는 가구점 할아버지처럼 시간에 딱딱 맞춰 나타나는 사람이 아니었다. 아저씨는 여기저기 돌아다니지 않는 데가 없다고 했다. 부르는 곳이면 어디든 달려가 연주하고, 부르지 않아도 아저씨가 알아서 찾아간다고 했다. 아코디언을 연주해서 돈을 버는 건 아니라고 했다.

"그럼 아저씨는 뭘 먹고 살아요?"

내 말에 아저씨는 라면을 좋아한다며 히죽 웃었다.

"저는 돈가스를 좋아해요."

아저씨의 웃기는 대답에 나는 진심으로 말했다.

아빠가 자주 가는 단골 식당은 생각만 해도 구역질이 날 것 같았다. 구멍 뚫린 동그란 양철 식탁이 있는 허름한 국밥집엔 나 같은 여자애들은 오지 않았다. 술을 마시고 큰 소리로 떠드는 아저씨들 속에서 묵묵히 아빠가 말아 주는 순댓국밥을 먹었다. 뚝배기 속의 국물은 좀체 식지 않아서 먹는 데 시간이 한참 걸렸다. 나는 밥그릇 뚜껑에 뜨

거운 밥을 덜어 먹고 아빠는 국물에 소주만 마셨다. 순댓
국밥에 소주 값이면 분식점에서 김밥에 돈가스를 먹을 수
도 있을 텐데…… 아빠한텐 통하지 않았다.

오늘도 두 번이나 가구점 할아버지 몰래 가구점 옥상에
올라갔었다. 가파른 계단은 언제나 어두컴컴했다. 2층 출
입문에는 굵은 자물통이 채워져 있었다. 아귀가 맞지 않아
벌어진 엉성한 틈에 눈을 대자 천장까지 거꾸로 쌓인 가구
들이 가맣게 보였다. 3층 문 앞에는 정수기용 푸른 물통들
이 계단참을 다 차지하고 있었다. 물통을 발로 확 밀어 버
리고 싶었지만 살살 피해 옥상으로 올라갔다.

옥상에는 망가진 가구들이 여기저기 아무렇게나 쌓여
있었다. 나는 잠깐 망설인 뒤 옥탑방의 출입문 손잡이를
당겨 보았다. 잠겨 있으리라 생각했던 문이 벌컥 열려서
하마터면 뒤로 자빠질 뻔했다. 커다란 침대가 꽉 끼는 아
주 조그맣고 네모난 방은 부엌도 없고 화장실도 없는 이
상한 상자 같은 공간이었다. 이불이 가지런히 깔린 침대와
방 한쪽 구석에 라면 박스가 몇 개 쌓여 있고, 벽에는 옷가
지가 치렁치렁 걸려 있었다. 큼큼 냄새를 맡아 봤지만 아
무 냄새도 나지 않았다.

옥상 한쪽 구석에는 아빠 키만 한 캐비닛이 서 있었다.

캐비닛을 볼 때면 할머니 생각이 났다. 할머니의 캐비닛은 두붓집과 반찬 가게 틈에 생긴 통로 같은 작은 공간에 끼여 있었다. 캐비닛 앞이 할머니의 자리였다. 겨울에는 가래떡과 밤을 구워 팔았고 여름과 가을에는 쑥떡이나 직접 쑨 도토리묵을 팔았다.

팔다 남은 가래떡은 쉽게 얻어먹을 수 있었지만, 밤은 함부로 먹을 수 없었다. 집에는 밤이 담긴 누런 자루가 있었다. 자루를 뚫고 밤벌레들이 기어 나왔다. 할머니가 입고 있는 스웨터에서도 밤벌레가 나왔다. 나는 밤벌레를 아무렇지도 않게 손가락으로 집어서 할머니 집 부엌까지 들어와 먹을 걸 뒤지는 길냥이에게 던져 주었다. 길냥이는 꿈틀거리는 벌레를 뾰족한 앞 발가락으로 콕콕 찔러 보기도 하고 똥그란 눈을 꼼짝도 하지 않은 채 들여다보다가 심술이 난 듯 발바닥으로 꾹 눌러 버렸다.

할머니의 화덕 앞으로 빗방울이 뚝뚝 떨어지던 시장 바닥이 말끔하게 포장되고 햇빛이 투명하게 쏟아져 들어오는 둥그런 지붕으로 단장되지 않았다면 할머니는 계속 가래떡과 밤을 구워 팔았을지도 모른다. 장사가 끝나면 할머니는 캐비닛 안에 크고 작은 비닐봉지 뭉치와 연탄재를 뺀 화덕과 플라스틱 의자 따위를 넣고 문을 잠갔다. 녹슨 캐비닛의 다이얼이 돌아가는 소리는 할머니의 기침 소리만큼이나 불안했다.

옥상 캐비닛 앞에는 빗물인지 오줌인지 모를 누런 물이 납작하게 얼어붙은 얼음덩어리가 있었다. 그 자리에 청바지를 까 내리고 쪼그려 앉아 오줌을 누었다. 흠집이 감쪽같이 사라진 가구에 침을 뱉은 것처럼 시원했다. 오줌을 누고 나서는 캐비닛의 다이얼을 돌려 보았다. 끽끽거리는 소리가 났다. 오른쪽으로 돌리다가 왼쪽으로 돌리자 못에라도 걸린 듯 움직이지 않았다. 발로 툭툭 차 보았다. 텅텅 쇠가 울리는 소리가 났다. 음 음음음 음음…… 아코디언 아저씨와 폴카를 출 때처럼 옥상 가장자리를 따라 몇 바퀴나 돌다 내려왔다.

여관방에선 아무것도 할 일이 없었다. 1부터 100까지 텔레비전 채널을 돌리다 내가 좋아하는 아이돌 가수가 나오는 음악 방송이 잡히면 따라서 춤을 추었다. 그래도 심심했다. 밥은 아빠랑 나가서 사 먹을 때가 많아 설거지할 일도 없었다. 쫄쫄거리는 수도꼭지 앞에 쪼그려 앉아 할머니가 태워 먹은 김치찌개 냄비를 닦던 일이 생각났다. 설거지하라고 하면 도망치기 바빴는데, 이제는 시키면 시키는 대로 할 것 같았다.

할머니 방 구석구석에 쌓인 박스 속에는 온갖 물건이 섞여 있었다. 할머니는 눈을 감고도 필요한 것이 어디에 있는지 귀신같이 척척 말했다. 구두 상자에는 너저분한 것들이 들어 있었다. 돌돌 말린 머리카락, 노란 고무줄 뭉치와 이가 빠진 참빗, 크기가 다른 수십 개의 단추들, 100원짜리 동전이 뒤섞여 있는 구두 상자는 늘 할머니 머리맡에 있었다.

"물건들은 함부로 자리를 바꾸는 게 아니다. 쓴 물건은 항상 제자리에 놔둬야 나중에라도 찾기가 수월치."

할머니는 커다란 엉덩이로 방바닥을 슬슬 밀어 가며 청소할 때마다 잔소리를 했다. 밥을 먹을 때면 할머니는 상다리 아래로 두 다리를 쭉 펴고 앉았다. 무릎이 아파 다리를 구부릴 수 없었다. 할머니는 밥 한 숟갈을 물고 천천히 씹으면서 말했다.

"많이 먹어라. 많이 먹어."

많이 먹어라, 하고 말하는 할머니 목소리에 눈을 번쩍 떴다. 텔레비전을 켜 놓은 채 깜빡 잠이 들었다. 정신을 차리고 방 안을 둘러보는데 똑똑 문 두드리는 소리가 났다. 달방의 문을 두드릴 사람은 여관 주인인 마귀할멈뿐이다.

마귀할멈은 우리 할머니와는 차원이 다른 할머니다. 허리도 꼿꼿하고, 뱃살이 출렁거리지도 않고, 걸을 때 뒤뚱거리지도 않는다. 눈두덩에 굵은 주름살이 잡혀 있고 새빨갛게 칠한 입술이 쪼글쪼글하지만 뒷모습은 완전 아줌마다. 푸른 눈썹 문신을 한 마귀할멈은 말할 때도 입을 아주 조그맣게 벌렸다. 계단을 오르내릴 때 뛰지 말라거나 복도에선 노래 부르면 안 된다는 말을 할 땐 찌그러진 냄비에 물이 뽀글뽀글 끓는 것 같은 목소리가 우스웠다.

문을 열자 안으로 쑥 들어온 마귀할멈이 팔짱을 낀 채로 방 안을 슬쩍 훑어보았다. 혹시 방 안에 뭘 숨겨 두지 않았나 탐색하는 눈빛이었다. 내가 친구를 데리고 올까 봐 그럴지도 모르지만, 달방에 친구를 데려올 만큼 내가 멍청이는 아니다. 가끔 염탐하듯이 우리 방문에 귀를 대고 엿듣는다는 것쯤 알고 있지만 모르는 척한다.

"아빠 오늘도 서울 가신다던?"

"몰라요."

나는 버릇처럼 손톱을 물어뜯으며 조그맣게 대답했다.

아빠는 서울 손님을 태우면 요 조그만 시내에서 빙빙 도는 것보다 몇 곱절 돈벌이가 된다고 했다. 하지만 아빠가 서울에 갔다 오느라 늦는 건지, 아니면 회사에 택시를 두고 누구랑 술을 마시느라 늦는 건지 알 수 없다. 아빠는 항상 내가 잠든 뒤에야 들어오니까.

"아빠 들어오시거들랑 내가 보잔다고 해라. 준다 준다 하면서 벌써 며칠째야. 들어올 때 한 번 주고선 여태 깜깜 무소식이야. 달방은 선불이라고 그렇게 말했건만."

마귀할멈이 종알거리며 등을 돌렸다. 나는 눈을 꼿꼿이 뜨고 귀가 드러나게 꼬불꼬불 새로 한 마귀할멈의 파마머리를 째려보았다. 쳇, 내려가다 계단에서 미끄러져 버려라. 마귀할멈이 보이지 않자 문을 소리 나게 쾅 닫았다.

여관 출입문은 하나밖에 없다. 출입문 안쪽에 붙은 조그만 방에서 창문으로 빤히 내다보고 있는 마귀할멈을 피해서 나가거나 들어올 방법이 없다는 걸 알면서도 찾아와서 그딴 소리를 하다니 얄미울 수밖에.

나는 기지개를 켜면서 창문을 활짝 열어젖혔다. 밖이 뿌옜다. 안개였다. 뭐에 홀린 듯 내 눈이 흐리멍덩해졌다. 어제와는 다른 저녁이 찾아온 거다. 팔을 길게 뻗고 허공을 향해 손바닥을 펼쳐 보았다. 세제 거품이 가득한 설거지통에 손을 푹 담근 것처럼 손바닥이 간지러운 느낌이 들었다. 4차선 도로의 건널목도 흰색 페인트 줄무늬가 희끗희끗 지워지고, 길 건너편 가구점 할아버지가 움직이는 모습도 희미하게 보였다. 나는 턱을 바짝 쳐들고 가구점 옥탑방에 불이 들어왔는지 살폈다. 옥상은 안개 속에 옴폭 잠겨 보이지도 않았다. 괜히 심술이 나서 손가락으로 창틀 홈을 훑었다. 손가락 끝에 거멓게 먼지가 묻어 나왔다.

마귀할멈은 텔레비전을 보고 있었다. 담요를 덮고 앉아 있는 마귀할멈의 한쪽 어깨가 네모난 새시 창으로 보였다. 몸을 한껏 낮춰 앉은걸음으로 조심스럽게 여관을 빠져나왔다. 마귀할멈이 목덜미를 낚아챌까 봐 심장이 조마조마했다. 이를 꽉 물고 아주 조용히 문을 여닫았는데도 현관 출입문에 달린 종이 쨍그랑대는 소리가 얼마나 크게 울리는지, 종을 확 떼어 내 감춰 버리고 싶었다.

밖으로 나서는 순간 안개를 마셨는지 갑자기 숨이 턱 막혀 왔다. 내 발끝이 안개에 갉아 먹히는 것을 내려다보면서 몇 발짝 걸어 건널목 앞에 섰다. 차들이 뿌연 안개 속에서 불빛을 쏘며 달려갔다. 가로수와 나란히 선 가로등에 하나둘 불이 들어왔다. 불빛을 길게 잡아 늘여 놓은 것처럼 길바닥이 번져 보였다.

버스 한 대가 가구점 앞 정류장에 멈춰 섰다. 잠시 뒤 버스가 떠나자 건널목 쪽으로 걸어오는 사람이 보였다. 빨간 점퍼였다. 아코디언 아저씬가 싶어 눈에 힘을 주면서 빤히 쳐다보았다. 하지만 아코디언 아저씨가 거북 등딱지처럼 늘 등에 메고 다니는 아코디언 가방이 보이지 않았다. 지나다니는 차만 없으면 붉은 신호에도 마음대로 건널목을 건너다녔는데 마음이 조급해졌다. 나도 모르게 자꾸만 발가락을 꼼지락거렸다. 빨간 점퍼는 가구점과 반대 방향으로 저만치 멀어지고 있었다.

신호등이 바뀌자마자 뛰듯이 건널목을 건넜다. 비닐을 씌운 가구들이 희끄무레하게 드러났다. 비닐 포장 뒤에서 가구점 할아버지가 불쑥 튀어나왔다. 꾸벅 인사를 했지만 할아버지는 나를 못 본 척 무시했다. 할아버지가 비닐 한쪽을 잡아채어 확 당기자 키 큰 장롱에 걸린 비닐이 벗겨지다 말았다. 할아버지가 발뒤꿈치를 들고 비닐 끝을 탁탁 두어 번 잡아채자 아슬아슬하게 걸려 있던 비닐이 그제야 스르륵 벗겨졌다.

"아코디언 아저씨는 오늘 안 왔어요?"

땅바닥에 널브러진 비닐 한쪽 끝을 잡고 물었다.

"그 사람이 가고 오는 걸 낸들 어떻게 알아. 이런 날은 밖으로 싸돌아댕기지 말고 여관방에 얌전히 있어야지. 잘못하다 사고라도 나면 개죽음이야."

"얌전히 있었어요."

나는 입을 삐죽거리며 퉁명스럽게 대답했다.

할아버지는 반대쪽으로 가더니 덩치 큰 장롱의 이쪽저쪽을 흔들듯이 밑부분을 밀어 문턱으로 끌고 갔다. 마치 장롱이 저절로 움직이는 것처럼 보였다. 장롱 밑이 문턱에 걸렸는지 아슬아슬하게 흔들리다 멈췄다.

"할애비가 앞으로 당길 때 조심해서 살짝만 밀어 봐라."

눈을 꾹 감고 세게 밀어 버리고 싶었지만 할아버지가 시키는 대로 장롱이 앞으로 확 쏠릴 때 장롱의 중간 부분을 두 손바닥으로 누르듯이 밀었다.

"옳지, 조금만 더."

할아버지 모습은 보이지 않고 헉헉거리는 소리만 들렸다. 나는 두 다리에 힘을 주어 버티면서 손바닥에 힘을 더했다. 가구가 훌러덩 넘어갈 듯 앞쪽으로 쏠리더니 무사히 문턱을 넘어갔다.

"애썼다. 강아지보다 낫네."

할아버지가 목장갑 낀 손으로 코 밑을 훔치며 세찬 숨을 내쉬었다.

장롱을 들이고 난 뒤 할아버지는 의자를 양쪽 손에 하나씩 들고 옮기기 시작했다. 나도 끙끙대며 하나씩 의자를 날랐다. 아코디언 아저씨는 남에게 도움이 되고 힘이 된다면 그보다 즐겁고 가치 있는 일은 없다고 했다. 오늘도 아저씨는 또 어디에서 돈벌이와 상관없는 연주를 하고 있을지 모른다.

아저씨를 마지막으로 본 건 이틀 전, 여기에서 두 정류장 떨어진 큰 사거리에서였다. '구도심을 살려 내라'라는 현수막을 허리띠처럼 두르고 있는 빈 상가 앞이었다. 장사를 하는 가게보다 비어 있는 가게가 더 많았다. 나는 아코디언 소리가 나는 쪽으로 갔다. 단박에 아저씨의 연주라는 걸 알아차렸다.

사람들이 상가 건물 앞에 동그랗게 모여 있었다. '목숨 같은 내 가게, 내가 지킨다!' '세입자도 좀 먹고살자!' 붉은 글씨로 적은 피켓을 든 사람들도 있었다. 가슴 앞에 툭 튀어나온 아코디언을 메고 있는 아저씨는 금방 눈에 띄었다. 나와 눈이 마주치자 아저씨가 나에게 눈을 찡끗해 보였다. 나를 알아본 것이다.

아코디언 아저씨가 뿌움 뿜―, 건반을 두어 개 눌렀다. 사람들이 박수를 쳤다. 나도 덩달아 힘껏 박수를 쳤다.

"심각허게는 말고 신바람 나는 유행가도 괜찮어. 그래야 우리도 힘을 내서 싸우지."

마이크를 들고 있는 아저씨가 아코디언 아저씨를 바라보며 말했다.

"거 뭐시냐, 주먹도 올려가믄서 힘차게, 신나게!"

그 소리에 박수가 또 터져 나왔다. 이윽고 아저씨가 연주를 시작했다. 옥상에서 폴카를 출 때 연주한 왈츠였다. 아저씨는 아코디언을 껴안고 온몸을 흔들어 가며 연주했다. 어른들은 흥겨운 장단에 맞춰 손을 머리 위로 쳐들어 박수를 쳤다. 마치 춤을 추듯 힘찬 동작이었다. 연주를 끝낸 아저씨가 내게 다가왔다.

"가. 여긴 조금 있으면 경찰들이 올지도 몰라."

들떴던 기분이 금세 가라앉았다.

"왜요?"

고집을 부리듯이 내가 물었다.

"아저씨도 잡혀갈지 몰라."

아저씨는 다른 때보다 더 심하게 말을 더듬었다.

"아저씨가 뭘 잘못했는데요?"

아저씨는 대답 없이 콧잔등만 찡그렸다.

아코디언 아저씨의 연주가 끝난 뒤에는 지루한 순서가 이어졌다. 마이크를 돌려 가며 한 사람씩 나와서 뭐라고 고래고래 소리를 질렀다. 언제 다시 아코디언 아저씨의 연주 차례가 될지는 알 수 없었다.

그날 달방으로 돌아오면서 음 음음음 음음, 허밍으로 아코디언 아저씨의 연주를 흥얼거렸다. 아저씨 연주에 맞춰 폴카를 추듯이 폴짝폴짝, 팔짝팔짝, 콩콩거리며 뛰었다. 자꾸만 발이 엉켰다.

가구점 할아버지는 가게 불을 끄고 외투 주머니에서 열쇠를 꺼내 가게 문을 잠갔다. 가구점 앞이 캄캄해지자 갑자기 맥이 쑥 풀렸다.

"이젠 들어가거라."

뿌연 어둠 속에서 문득 할아버지가 말했다.

"할아버지!"

할아버지는 부르는 소리를 듣지 못했는지 벌써 정류장 쪽으로 걸음을 떼고 있었다. 나는 그 자리에 붙박인 듯 서서 세차게 발가락을 꼼지락거렸다. 버스가 줄줄이 불빛을 쏘며 지나갔다. 차들이 지나갈 때마다 길 건너편 달방 건물이 헌 가구처럼 언뜻언뜻 드러났다.

세상에서 가장 나쁜 건 아무도 몰래 감쪽같이 사라지는 거지만, 가장 힘든 일은 언제 올지 알 수 없는 것을 기다리는 거다.

우유를 뿌려 놓은 듯 안개가 창밖을 점령해 이젠 아무것도 보이지 않았다. 맑은 날이면 길 건너편 가구점 건물과 아코디언 아저씨가 사는 옥탑방이 손에 닿을 듯 가까워 보였는데.

아빠는 언제 오나? 아코디언 아저씨는 정말 영영 떠나 버렸나?

잠을 잘 수가 없었다. 잠들어 버리면 아무것도 알 수 없을 테니까.

초콜릿처럼 녹아 버린 할머니 집 앞에서 아빠가 경찰차에 올라타던 모습이 떠올랐다. 동네 할머니들과 아줌마들이 한쪽에 모여 서서 수군거렸다.

"설마……. 인간이면 그럴 수가 없지."

"자식이라는 게 웬수여, 웬수. 사업하다 말아먹고 자식 새끼까지 데리고 홀어미한테 붙어 살면서 아직도 정신을 못 차린 거지, 뭐. 쯧쯧."

나는 사람들 사이에서 빠져나와 방향 없이 무작정 걸었다. 온몸이 으슬으슬 추웠다. 경찰에서 조사하면 다 나오겠지, 하던 지팡이 짚은 할머니 말이 자꾸만 목덜미를 낚아채는 듯했다.

"우리 아빤 나쁜 사람 아니에요. 우리 아빠는 그렇게 나쁜 사람이 아니란 말예요."

나는 미친 듯이 중얼거리면서 걸었다. 하지만 아무도 내 말을 들어 줄 사람이 없었다.

그날 밤 경찰서에서 돌아온 아빠는 안주도 없이 강소주를 들이부으며 짐승처럼 괴상한 소리로 울부짖었다.

"내가 그래도 사람 새낀데, 보험금을 노리고 제 엄마를 불에 태워 죽이려고 했겠어. 나도 사람 새낀데, 나도 사람 새낀데⋯⋯. 뒤져 봐, 뒤져 보면 알 거 아냐. 내가 타 먹을 보험금이 어디 있나 어디 한번 뒤져 봐. 뒤져도 안 나오면 내가 이놈의 세상을 확 그냥 불 싸질러 버리고 나도⋯⋯."

아빠의 약속 따위는 믿지 않았지만 나는 그때 아빠에게 말해 주지 못한 것을 후회한다. 아빠는 그렇게 나쁜 사람이 아니라고, 나는 아빠를 믿는다고.

아빠는 아직 돌아오지 않았다. 컵라면을 먹으면서 아빠에게 전화를 걸었더니 운전 중이라고 했다.

"먼저 자라."

아빠는 기다리지 말라고 했다. 안개 때문에 아무리 눈을 부릅떠도 길 건너편은 이 세상이 아닌 듯 희미하기만 해서 자꾸만 조바심이 났다. 앙감발로 종아리에 잔뜩 힘을 주고 창턱에 팔을 괸 채 뿌연 안개에 싸여 있는 옥탑방만 바라보았다. 옥탑방에 불이 들어오면 아무리 안개가 꽉 차도 희뿌옇게 불빛이 보일 거다.

하나, 둘, 셋, 짠!

수십 번을 외쳤지만 옥탑방은 여전히 깜깜하기만 했다.

"얼마 안 남았지. 이쪽도 싹 밀어 버릴 텐데 말이야."

가구점 할아버지가 아코디언 아저씨에게 말했었다. 간판 글자가 떨어져 나간 철물점, 커다랗게 가위표를 그려 놓은 컴퓨터 가게, 외벽 칠이 버짐처럼 더께가 일어난 회색 건물, 뒤틀린 셔터에 굵은 자물통이 달려 있는 가게들. 뿌옇게 흐려진 눈앞에 그것들이 장난감처럼 둥둥 떠다녔다. 망가진 가구들이 쌓여 있는 가구점 2층과 빈 물통들이 쌓여 있는 3층, 솜이 비어져 나온 소파와 한쪽 다리가 부러져 기우뚱하게 서 있는 의자들과 녹슨 캐비닛, 아주 조그맣고 네모난 아코디언 아저씨의 옥탑방까지.

음 음음음 음음…….

아코디언 아저씨의 연주를 흥얼거렸다. 아저씨가 말한 보헤미아의 예쁜 아가씨들처럼 폴짝폴짝 뛰면서 깔깔깔 웃고 싶었지만 노래는 자꾸만 안으로 기어들어 갔다. 아침에 눈을 떠 창을 열면 길 건너편의 건물들이 거짓말처럼 사라져 버릴까 봐.

건널목을 건너온 누군가가 안개 속에서 불쑥 나타났다. 달방 쪽으로 다가오는 남자는 푸르스름한 점퍼 주머니에 두 손을 넣고 어깨를 잔뜩 웅크린 채 종종거리며 걷고 있었다. 아빠가? 아빠인 것도 같고 아닌 것도 같았다. 방 안을 둘러보았다. 아빠가 늘 입고 다니는 파란색 점퍼가 없는 걸 보면 아빠인 듯도 한데, 안개가 삼켜 버렸는지 남자는 그새 사라져 버렸다. 어쩌면 막 여관 출입문을 열고 계단을 올라오고 있을지도 모른다.

하나, 둘, 셋, 넷, 다섯……

여관 출입문을 열고 열두 칸짜리 계단을 올라 2층까지 닿는 데는 100까지 세지 않아도 충분하다. 하지만 99까지 아주 천천히 숫자를 헤아려도 똑똑 방문을 두드리는 노크 소리는 들려오지 않았다. 99에서 멈춰 버린 내 입에선 아코디언 아저씨가 켜던 연주곡이 제멋대로 흘러나왔다.

나는 발톱에 살갗이 까지는 줄도 모르고 양쪽 발가락을 세차게 비볐다.

연기 수업

무슨 얘기부터 해야 할지 모르겠어요. 갑자기 얘기하려니까 잘 안 돼요, 선생님.

마음을 차분히 하라고요?

무슨 얘기부터 해야 할지 정말 모르겠어요. 얘기하자면 길어요. 여기 오기까지 많이 망설였거든요. 누군가에겐 말하고 싶은데, 제 얘길 들어 줄 사람이 없었어요. 다 끝나 버렸는데 얘기하면 뭐 하나, 그런 생각도 들었어요. 정말로 연극이 끝나 버렸거든요. 아무도 만나기 싫고, 학교도 가고 싶지 않았어요. 아무것도 하기 싫었거든요……. 아직 준비가 안 됐어요. 조금만 더 시간을 주세요.

카페 '마루'라고 있어요. 집에서 멀어요. 전철을 두 번은 갈아타야 하니까요.

마루 같은 카페는 처음 가 봤어요. 보통 카페와는 다른 곳이에요. 나선형 돌계단을 내려가면 카페로 들어가는 반달 문이 나와요. 전철역에서 5분쯤 걸어야 하고 큰길에서 좀 떨어져 있어요. 아치형 벽돌담 위로 담쟁이덩굴이 감싸고 있어서 카페 건물이 예뻤어요. 겨울 되니까 벽돌담을 뒤덮은 담쟁이덩굴이 바싹 말랐어요. 갈색 줄기만 남은 채 벽에 착 달라붙어 있는 모습이 카페 마루를 장식하는 이미테이션처럼 보였어요. 마루를 생각하면 마른 담쟁이덩굴이 떠올라요.

2층 다락으로 된 홀과 나무 계단 아래쪽 공간에도 테이블이 몇 개 있어요. 출입구 오른쪽 진열장이 끝나는 곳에서 벽 끝까지는 검은 휘장이 쳐져 있었어요. 그곳이 공연을 할 수 있는 무대예요. 공연할 때 홀의 의자들을 한쪽 벽으로 밀어 붙이면 2층 다락이랑 1층 바닥이 객석이 되는 거예요. 마루 카페는 연출님이 직접 운영하는데, 연기 교실 이름도 마루예요.

카페에서 오디션을 봤어요. 어떻게 알게 됐냐면, 연기 관련 정보를 알려 주는 포털 사이트가 있거든요. 제가 자주 보는 사이튼데 거기 '마루 연기 교실 11기 모집' 포스터가 올라왔어요. 꽤 알려진 데예요. 제가 11기니까 시작한 지도 오래됐고요. 1년에 한 기수나 두 기수를 뽑는대요. 넉 달 정도 연습 기간을 거쳐서 워크숍 공연을 올리는 거예요.

포스터 화면을 확대해서 꼼꼼히 읽었죠. 자격 요건에 걸리는 건 없었어요. 18세부터 22세까지 연기를 배우고 싶은 사람이면 누구나 신청할 수 있고, 고등학생이 안 된다는 문구 같은 건 없었어요. 연습 시간은 토요일 오후로 되어 있었고요. 접수 후 개별 오디션을 통해 연습생을 뽑는대요. 마감이 며칠 안 남아서 바로 그 자리에서 링크된 주소를 열고 들어가 지원서를 썼어요.

문제는 수업료였어요. 아빠한테 받은 용돈을 모아 둔 게 좀 있었지만 그걸로는 턱도 없었어요. 하지만 그건 나중에 고민할 일이었죠. 우선은 오디션에 통과해야 하니까요. 엄마가 알면 돈은커녕 대번에 안 된다고 했겠죠. 제가 예고에 가겠다고 할 때도 안 된다고 했어요. 뒷바라지하기 힘들다고.

아빠랑 엄마는 제가 중2 때 이혼했어요. 그 뒤에 엄마랑 지금 살고 있는 곳으로 이사를 왔어요. 아빠는 지방 소도

시로 내려갔는데, 아빠 집엔 한 번도 가 본 적이 없어서 어떻게 사는지는 잘 몰라요.

2학기 중간고사 끝나고 전학을 왔는데 학교에 적응을 못 했어요. 3학년 올라가서 친구를 사귀긴 했지만 절친이라고 할 만한 친구는 없었고요. 한번 사귀면 오래가는 편인데, 처음이 늘 힘들더라고요. 예전 친구들은 SNS로 소통하긴 했지만, 그림의 떡 같은 느낌이랄까요. 거리가 멀어지니까 소식도 뜸해지고 관계가 흐지부지 끝나 버리더라고요. 사실은 고등학교에 와서도 절친은 못 만들었어요. 학교에도 마음 붙이지 못했고요.

엄마는 지금 사촌 이모가 하는 분식점에서 일해요. 사촌이모한테 장사하는 거 배워서 엄마도 작은 분식점 여는 게꿈이래요. 매일 일해요. 가게가 문 닫는 일요일 하루만 쉬어요. 아침에 나갔다가 저녁 늦게야 들어와요. 엄만 제가무슨 생각을 하는지, 어떤 친구가 있는지도 모르고 물어보지도 않아요. 착실하게 공부해서 고등학교 졸업하면 취직하라는 말만 해요.

마루 연기 교실에 접수하고 이튿날 오디션 날짜가 문자로 왔어요. 일주일이 어떻게 지나갔는지 몰라요. 오디션 보러 카페 마루로 들어섰을 때 가슴 두근거리던 느낌이 아직도 생생해요. 정말 많이 떨렸거든요. 무대에서 연기를 해 본 적도 있는데, 그때는 그렇게까지 떨리진 않았어요.

연기는 중2 겨울 방학 때 처음 해 봤어요. 예고 가겠다고 한 것도 그때 무대를 경험하고 나서였어요. 기회는 우연히 찾아왔어요. 국어를 담당하던 기간제 선생님이 소개해 줬어요. 전학 와서 친구가 없을 때였죠. 뭐랄까, 분위기가 남다른 데가 있었어요. 선생님이 연극을 했을 줄은 꿈에도 몰랐어요. 대학 때 연극부 동아리 활동을 열심히 했대요. 수업 분위기가 흐트러지면 갑자기 여러분! 하고 연극적인 목소리로 애들을 부르곤 했어요. 국어 샘은 킥킥대는 아이들 반응에도 아랑곳없이 복식 호흡을 하듯 목소리의 톤과 색을 바꿔 가며 교과서를 읽었어요. 마치 무대 위에서 대사를 하듯이요.

국어 샘이 구청에서 하는 시민연극제가 있다고 알려 줬어요. 샘이 참여한 적이 있대요. 저도 참여하고 싶다고 말했더니 대환영이라고 했어요. 무대 경험은 다른 일을 할 때도 큰 힘이 된다면서요. 어록에 남을 만한 말도 많이 해 줬어요.

"세상엔 무엇이든 다 최상위 그룹만 있는 건 아니야. 밑에서 받쳐 주는 조연이나 심지어 엑스트라조차도 꼭 있어야 할 필요한 사람들이야. 그 사람들이 없으면 뭘 완성할 수 있겠니?"

국어 샘의 말이 위로가 됐어요.

연기는 초등학생 때부터 관심이 있었어요. 혼자 유튜브 보면서 따라 하기도 했고요. 그러니까 나처럼 평범하게 생긴 애도 하고 싶으면 연기를 할 수 있다는 말이잖아요. 누가 봐도 저는 주연감은 아니거든요. 제가 연기가 하고 싶어서 예고를 가겠다고 하니까, 엄마가 연기는 아무나 하느냐고 콧방귀를 뀌었어요. 배우는 얼굴 이쁘고 몸매 되는 사람만 할 수 있다는 고정관념에 사로잡혀 있는 거죠. 그까짓 동네 무대에 한 번 서 본 걸 가지고 바람만 잔뜩 들었다고요.

시민연극제에는 10대부터 60대까지 시민 배우 25명이 참여했는데, 그때도 오디션은 봤어요. 홈페이지에 들어가서 접수하고 3명씩 무대에 올라가 자기소개를 하고 각오 같은 걸 밝히고 내려왔어요. 〈은수동 옛집〉이라는 대가족 드라마였는데, 노래와 안무가 섞인 반(半) 뮤지컬이었어요. 저는 제 나이에 맞는 중학생 손녀딸 역을 맡았고요.

어른들은 어린 배우들이 조금만 열심히 해도 잘한다, 끼가 있다고 추켜세워서 저는 제가 정말로 연기에 소질이 있다고 생각했어요. 한 달 반 동안 연습해서 토요일과 일요일에 2회 공연했는데, 그땐 제가 뭐라도 된 줄 알았어요. 엄마도 초대했어요. 다른 배우들은 온 가족이 다 와서 응원했어요. 잔칫집처럼 단체 사진도 찍고요. 엄마도 꽃다발을 들고 오긴 했어요. 근데 사람은 자기가 하고 싶은 일만 하면서 살 수 없다나, 뭐 그런 시시한 얘길 한 것 같아요. 그 얘길 들으니까 가슴이 꽉 막혔어요. 엄마하곤 앞으로 뭘 하고 싶다든가 하는 얘긴 하지 말아야지 생각했어요.

일반고에 진학해서 대학을 가고 싶었는데, 중학교 내내 성적이 겨우 중위권을 유지했어요. 공부는 제 길이 아니라는 걸 알았어요. 예고에 가겠다는 걸 엄마가 반대했으니까 특성화고등학교에 가겠다고 했죠. 엄마가 반대할 줄 알았는데, 대학 나와서 취직 못 하고 아르바이트나 하면서 사는 친구 자식들도 많이 봤다면서 그것도 좋겠다고 했어요.

중3 마지막 학기에 특성화고등학교에서 홍보 대사들이 와요. 기숙사 있는 지방 학교에서도 오고 가까운 학교에서도 왔어요. 집에서 멀지 않은 특성화고등학교에서 온 홍보 대사는 취업률 90퍼센트라고 강조하며 스왜그 넘치는 동작으로 자랑했어요. 결국 집에서 가까운 그 학교에 갔어요.

특성화고도 학생을 성적순으로 평가하는 건 일반 학교와 다를 게 없었어요. 집중 학습실에 들어가는 특별반도 성적 우선이에요. 졸업할 때까지 학과 관련 필수 자격증 말고도 자격증을 열 개씩이나 따는 애들도 있었어요. 그 애들은 코스를 짜서 학원에 다녔어요. 은행이나 관공서 같은 말단 자리에도 전체 상위 1, 2퍼센트만 뽑혀 가니까.

졸업하고 후딱 취직하는 건 얌전한 모범생이나 가능한 일이죠. 선생님 충고에 고분고분 잘 따르고 자격증도 여러 개 따야 생기부에 좋은 기록을 받아요. 실습 나가선 끽소리 없이 회사 상관 말을 잘 들어야 하고요. 그래야 실습 점수를 잘 받을 수 있다고 선배들이 말했어요. 그렇지만 엄마 소원대로 중소기업 말단 직원으로 시작해서 적당히 직장 생활 하는 코스로 가고 싶지는 않았어요. 저한테는 제 인생이 있으니까요.

고등학교에 진학하고 나서야 내 마음이 어디에 있는지를 더 확실하게 깨달았어요. 인생에는 수많은 선택지가 있다지만 그게 언제 내 앞에 올지는 알 수 없잖아요. 고3이 코앞이지만 지금이 아니면 제가 진짜 하고 싶은 일이 뭔지도 모른 채 10대가 끝나 버릴 것 같았어요.

오디션은 어떻게 됐냐고요?

오디션 보러 갈 땐 뽑아 주기만 한다면 뭐든 열심히 하겠다는 다짐만 수없이 했어요. 연기는 정말 하고 싶었든요.

마루 알바생한테 오디션 보러 왔다고 하니까 검은 휘장을 가리키면서 들어가라고 안내해 줬어요. 검은 휘장 한쪽 끝을 들치고 들어섰는데 갑자기 암전된 것처럼 푹 파인 어둠 속에 갇힌 느낌이었어요. 10초쯤 멍한 상태로 서 있었어요. 고개를 숙여 발밑을 내려다보면서요. 내가 서 있는 곳이 바닥이 아니라 물 위일지도 모른다는 착각이 들었거든요.

잠시 후 한쪽 구석에 동그란 빛이 묻은 커튼이 걷히면서 들어오라는 소리가 들렸어요. 노란 수박 속처럼 불빛으로 꽉 찬 공간이었는데 작은 테이블에 노트북 한 대, 목이 긴 스탠드, 스툴 두 개뿐인 밀실 같은 곳이었어요. 격벽도 없고 커튼으로만 이루어진 공간이었는데, 이상하게 벽으로 꽉 막힌 공간처럼 느껴졌어요.

그때 처음 연출님 얼굴을 봤어요. 짙은 화장에 마스카라로 빳빳하게 세운 속눈썹이 SNS에서 본 것과 똑같이 첫눈에 압도하듯 강렬했어요. 마루 연기 교실 페이스북을 보면 그동안 공연한 작품과 연출님 프로필이 자세히 나와 있거든요. 연출님은 유명한 예술 학교를 졸업하고 해외에서 극작 공부를 했다고 해요. 공개적인 페이지니까 거짓은 아니겠죠. 나이는 몰라요. 출생 연도 같은 건 나와 있지 않으니까요. 30대? 어른들 나이는 잘 가늠이 안 돼요.

테이블 앞에 있는 스툴에 앉으라고 해서 앉았어요. 얌전하게 무릎을 붙이고 앉아 손가락으로 무릎을 톡톡 치며 긴장감을 달랬어요. 불안하거나 긴장될 때 나오는 제 버릇이에요. 연출님이 뭐라고 입을 떼기 전까지 가슴이 요동쳤어요. 연출님은 음……, 하는 소리를 내면서 노트북 화면과 저를 번갈아 쳐다봤어요. 지원서에 붙인 사진과 실물이 같은가 확인해 보고 싶었는지. 그때 연출님은 노트북 화면으로 제가 제출한 지원서를 보고 있었을 거예요. 거기에 자기소개서도 첨부되어 있거든요. 뭐라고 썼는지 잘 생각나지 않았어요. 몇 번이나 고쳐 쓰느라 오래 붙들고 있었는데.

연출님이 뭔가를 보여 달라고 요구할 줄 알았어요. 오디션이니까요. 시민연극제에서 했던 역할 중 한 장면을 보여 줄까, 아니면 인기 유튜버의 1인 에튀드를 보고 거울 앞에서 수십 번 연습한 독백 무대를 보여 줄까, 생각하고 있었어요.

그런데 연출님이 처음 한 말이 뭔지 아세요?

"나는 약속 시간 안 지키는 사람을 싫어해요. 한 편의 극을 만들어서 무대에 올리는 건 공동 작업이잖아요. 구멍이 생기면 곤란하지 않겠어요?"

중학교 때 국어 샘이 수업 시간에 읊던 연극적인 대사와는 다른 특이한 말투였어요. 저는 네, 하고 힘주어 대답했죠. 길게 대답할 시간도 주지 않았어요. 저는 짧게 대답하고 연출님은 길게 말했어요. 연출님이 지원서에 적은 내용을 확인하는 정도의 질문을 던졌기 때문에 "예"나 "아니요"라고 대답할 수밖에 없었어요.

20분도 안 돼 오디션이라는 게 끝났어요. 기대와 달리 오디션은 시시했어요. 일종의 면접 같은 거랄까. 그런데도 연출님이 같이 열심히 해 보자는 말에 다시 가슴이 뛰었어요. 시민연극제와는 다르잖아요. 이제부터 내가 뭔가를 본격적으로 시작하게 되는 거잖아요.

오디션 보고 오는 길에 수업료 때문에 아빠한테 연락했어요. 제가 무슨 말을 하면 아빤 영혼은 담기지 않았지만 언제나 그래, 하고 선선히 응해 줬어요. 아빠가 안 된다고 하면, 엄마한테는 미안하지만 3개월짜리 자격증 학원 다닌다고 하고 돈을 타낼 생각이었는데. 수업료는 나눠서 내도 된다고 연출님이 말했어요. 이번엔 금액이 커서 안 된다고 할 줄 알았는데 아빠가 하고 싶으면 해야지, 하면서 보내 주겠다고 했어요. 빚 갚느라 엄마한테 제 양육비도 제대로 못 주고 있었거든요. 아마 아빤 잘못 알았을 거예요. 내가 무슨 소속사 연습생이나 된 줄 알았을 거예요. 거짓말을 한 건 아니고, 길게 설명하고 싶지 않았을 뿐이에요. 나중에 말하려고 했어요.

마루 연기 교실처럼 개인적으로 지도하는 곳이 정말 많대요. 마루 선배들이 그러는데, 몇 군데씩 돌아다니며 지도받기도 한데요. 저는 완전 초보였어요. 거기선 시민연극제 같은 건 알아주지도 않고요. 아무것도 모르니까, 저는 뭐든 열심히 할 생각이었어요. 가르치는 대로, 시키는 대로. 연출님보다 선배들한테 더 많이 지적을 받았어요.

첫날은 아무것도 모르고 갔어요. 11기생이 몇 명인지, 어떤 작품을 하는지도 모르고 간 거예요. 카페 마루로 오라는 개별 통지만 받았으니까요. 오디션 봤던 공간인데 그때와는 분위기가 완전 다른 곳처럼 느껴졌어요. 휘장을 싹 걷고 홀과 하나로 만들어 놨더라고요. 카페에 손님은 없었어요.

연출님 말고도 연기 지도를 맡은 인하 샘이 있었어요. 나중에 음향 담당 샘이 왔는데, 그분이 공연 촬영까지 한다더라고요. 두 사람 다 연출님 후배래요. 인하 샘은 독립 영화에도 출연한 적이 있다고 했어요. 연출님이 감독한테 소개해 줬는데, 찾아봤더니 주인공은 아니지만 꽤 비중이 있는 역할이었어요. 근데 극중에서보다 실물이 훨씬 멋졌어요. 영화배우를 실물로 본 건 인하 샘이 처음이었어요.

11기는 모두 12명이었어요. 그러니까 그 사람들을 마루에서 처음 본 거예요. 첫날은 어리둥절해서 잔뜩 주눅이 들었나 봐요. 자기소개 시간이 있었는데 저는 너무 긴장해서 말까지 더듬었어요. 제 눈엔 만만해 보이는 사람이 한 명도 없었거든요.

"그래서야 어디 연기하겠니? 호흡 이완하고 편하게, 눈치 보지 말고."

연출님이 그때 한 말이 지금도 생각나요. 진짜 오디션은 전체가 다 모인 자기소개 자리였던 것 같아요.

아, 11기 작품은 연출님이 대학 졸업 작품으로 쓴 거래요. 셰익스피어 비극을 보고 영감을 받아서 쓴 작품이랬어요. 6기인가 7기 때도 했대요. 그때는 수강생이 많아서 더블 캐스팅으로 공연을 두 번 했는데, 이번 공연은 인원이 적어서 몇몇 배역은 잘라내고 무대 장치도 바꿨다고 했어요.

11기는 제가 막내였어요. 저 말고 10대는 열아홉 살 남자 두 명이 있었는데 둘 다 학교를 안 다닌다고 했어요. 연습하면서 나중에야 알았어요. 첫날 만났을 때는 아무도 그런 얘기를 안 했어요. 그 두 사람은 친해 보였어요. 친구끼리 같이 지원했나 봐요. 그중 한 명은 키가 크고 발레리노처럼 각이 잡힌 몸매가 장난 아니었어요. 진짜 배우라고 해도 괜찮을 만큼.

그 애들하고의 관계요? 별로 없었어요. 극중에서 부딪치는 장면도 거의 없었고, 걔들은 자기들끼리 놀았어요.

첫 모임 때 배역을 정했어요. 배역은 연출님이 오디션 진행하면서 이미 다 정해 놓은 거였어요. 주인공인 비쳇 언니는 전에도 연출님의 다른 작품에 참여했는데 이번에는 연출님이 섭외한 거래요. 연기 전공자는 아니지만 분위기가 매력적이에요. 코도 연출님이 앞으로 연기 계속할 생각이면 세우는 게 좋다고 해서 세웠대요.

작품 제목이 '비쳇'이에요. 비쳇은 몰락한 어느 백작 가문에 마지막으로 남은 딸 이름이에요. 어려서 집안이 망했어요. 어떤 후작의 음모에 휘말려서. 그런데 성장한 비쳇이 복수하려고 후작의 영지로 들어가요. 고아로 신분을 바꿔서요. 후작은 자신이 음모를 꾸며 몰락시킨 백작 대신 백작의 지위를 얻은 사람이에요.

후작은 비쳇을 보자마자 사랑에 빠져요. 비쳇은 후작을 죽이려는 계획까지 세워요. 비쳇에겐 사랑하는 남자도 있는데 복수를 위해 그 남자를 버려요. 비쳇이 복수에 성공하지 못한 이유는 사랑하는 남자가 끝까지 비쳇을 포기하지 않고 찾아다녔기 때문이에요. 마지막 장면이 그래요.

4막까지 있는 긴 극인데, 제 역할은 별로 안 커요. 3막에서 죽거든요. 길거리에서 얼어 죽어요. 그렇지만 중요한 역할이에요. 이름도 없고, 그냥 비쳇의 비밀을 알고 있는 광녀예요. 비쳇의 엄마인 백작 부인 하녀의 딸인데, 비쳇의 집안이 몰락할 때 엄마가 죽고 고아로 자랐어요. 광녀는 비쳇이 가는 곳마다 그 뒤만 졸졸 따라다녀요.

연습이 시작된 뒤로는 공부는 뒷전이고 연기만 생각했어요. 내가 외워야 할 대사는 휴대폰에 녹음해서 음악을 듣듯이 들었어요. 학교에서도 듣고, 마루에 갈 때 전철 안에서도 듣고요. 연출님이 그랬어요. 연기의 기본은 대사를 외우는 거라고. 그것조차 제대로 하지 않으면 연습실에 들어올 생각 말라고. 상대자 얼굴만 봐도 팝콘 튀어나오듯이 나오게끔 외우랬어요.

배역엔 불만 없었어요. 그건 연출님이 결정하는 거니까요. 그냥 무대에서 연기를 할 수 있다는 것만 해도 좋았어요.

연습실은 마루에서 걸어서 5분 거리에 따로 있었어요. 전자 제품 대리점 빌딩 지하였는데, 아무것도 없는 창고 같은 공간이에요. 연습실은 우리만 쓰는 게 아니어서 연출님이 지정한 날에만 쓸 수 있었어요. 연습실 사용료는 배우들이 돈을 거둬서 냈고요.

중요한 알림 사항이나 안무 지도는 11기 단톡방에 올라왔어요. 안무를 짜면 연습을 해야 하는데, 매일 모이기가 힘드니까 안무 영상을 단톡방에 올려요. 그걸 보고 연습을 해서 연습실에 모일 때 맞춰 봐요.

이 작품에서 안무는 막이 바뀔 때 전체 이야기의 흐름을 표현해요. 연출님 특이한 연출 기법이, 무대에 아무것도 없다는 거예요. 텅 빈 무대 구석에 거울 프레임 같은 걸 하나 세워 놓고 그걸 통과하면서 시간 이동을 해요. 무대에 등장하는 기물이나 표시물은 전부 배우가 맡아요. 주요 배우 몇 명 외에 나머지는 소품 역할을 하는 거죠. 광녀는

3막에서 죽어요. 그래서 4막에서는 제가 테이블 다리 역할도 하고, 꽃병을 들고 있는 역할도 했어요. 저만 그런 게 아니라 다른 배우들도 그랬어요.

공연 2주 전부터는 거의 매일 연습실에 모였어요. 겨울 방학 때는 연습이 없는 날에도 카페 마루에 갔어요. 저는 집보다 마루가 편했어요. 어차피 집에 있어도 공부는 안 될 테니까. 마루에 있으면 심심하지 않았어요. 연습실이 아니면 볼 수 없는 연습생들도 마루에선 볼 수 있었거든요.

마리 언니도 거의 날마다 마루에서 죽치다시피 했어요. 마리 언니는 집이 마루와 가까웠어요. 마리는 비쳇의 하녀인데, 비쳇이 등장할 때 같이 나타나니까 대사도 많았어요. 마리 언니가 비쳇과 대사 치는 거 받아 달라고 해서 받아 줬고요.

저하고 하는 대목도 연습했어요. 광녀가 비쳇을 만나게 해 달라고 그 주변을 얼씬거리잖아요. 비쳇의 비밀을 내가 알고 있다, 그래도 마리는 광녀가 비쳇에게 접근하지 못하도록 막아요. 비쳇이 하려는 일을 마리도 알고 있거든요. 두 사람만 아는 비밀을 광녀가 알고 있다니까 펄쩍 뛰는 거죠. 결국 광녀가 비쳇한테 내쫓겨 길거리에서 얼어 죽는 것도 마리가 막아서 그렇게 된 일이에요.

생각해 보니까 묘하네요. 마루 11기생 중에 제가 마리 언니랑 제일 친했어요. 제일 많이 봤으니까요. 그런데 잘 모르겠어요. 끝나고 보니까 아무하고도 안 친했던 거 같아요. 그중에 마리 언니가 끼여 있었던 것 같기도 하고요.

마루에서 알바하는 언니한테 커피 만드는 걸 배우기도 했어요. 핸드 드립 하는 것도 배웠고, 카페라테도 만들 줄 알아요. 메뉴는 많지만 잘 팔리는 건 몇 종류 안 됐어요. 손님이 아주 많지도 않았고요. 여기서 일을 배우면 이다음에 다른 카페에서 아르바이트할 때 도움이 되겠구나 생각했어요. 재밌었어요. 커피 만드는 것도, 손님한테 돈 받는 것도요. 알바 언니가 저더러 솜씨가 좋대요.

카페에서 돈 받고 일했느냐고요?

아뇨, 전 그냥 재미로……. 근데 가기 싫은 날도 연출님이 부르면 갔어요.

연습 날도 아닌데 연출님이 저한테 개인 톡으로 시간 있으면 마루에 좀 나오라고 해요. 연출님이 시간 있냐고 물으면 없다고 할 수 없잖아요. 알바하던 언니가 갑자기 그만뒀다면서 카페를 잠깐 봐 달라고도 했어요. 연출님이 급한 일정이 생겼는데 카페 문은 닫을 수 없다면서요.

저 혼자서도 카페는 볼 수 있었어요. 커피도 만들고 음료도 만들고 하다 보니 점점 솜씨가 늘었어요. 제가 붙박이처럼 마루에 종일 붙어 있으니까 한 번은 마리 언니가 여기서 알바하느냐고 물었어요.

"알바는 아니고요. 그냥……."

"이건 좀 아닌 것 같지 않니?"

마리 언니가 콧잔등을 찡그리며 물었어요.

"뭐가요?"

"부르면 쪼르르 달려와서 연출님이 시키는 대로 일하는 거."

"언니도 하지 않았어요?"

"나? 난 그냥 와서 놀긴 했지. 내 돈 주고 커피 사 마시면서. 그런데 너는 진짜 알바처럼 하고 있잖아."

마리 언니가 대사하듯이 두 손을 펴서 과장되게 제스처를 하며 가위표를 했어요. 마리 언닌 표정이 좀 독특하거든요. 눈도 크고 입도 크고, 표정이 풍부해요. 연기할 때도 표정 변화가 좋다고 칭찬받아요. 저는 인하 샘한테 동작이며 말끝을 분명히 하라는 지적을 많이 받거든요. 저는 해보라고 멍석을 깔아 줘야 하는데, 마리 언닌 어디서든 분위기를 만드는 타입이에요. 그게 늘 부러웠어요. 제가 괜찮다고 하니까 마리 언니가 머리를 맞대면서 속닥거렸어요.

"이전 연습생들도 두루두루 불려 와서 무임금으로 일했대. 아는 사람은 다 알고 있던데?"

"어떻게 알아요?"

저는 궁금했어요. 이전 기수들과 전혀 관계가 없으니까요. 마리 언니는 친구 소개로 11기에 지원했다고 했어요. 그러니까, 마루 연기 교실에 관해서 알고 있는 게 많았어요. 예전에도 알바가 구멍 날 때마다 연습생들을 불렀다고 했어요. 네가 여기서 이러고 있으니까 믿고서 사람을 얼른 안 구하는 거라고도 했어요.

"한번은 말해야지, 연출님한테."

"뭐라고요?"

"못한다고. 아니면 정식으로 알바비를 달라고."

그 말을 듣는 순간 머릿속이 복잡해졌어요. 마리 언니 말이 맞는 것 같기도 하지만, 제가 연출님한테 그런 얘길 할 수 있을까. 마리 언니가 제 표정을 유심히 살피더니 내가 대신 말해 줄까? 하고 묻는데 저는 아무 대답도 안 했어요. 그러곤 그만이었어요. 마리 언니가 저를 생각해 주는 건 고맙지만, 뭔지 모를 책임을 떠안은 것처럼 마음이 무겁고 이상했어요.

카페 일은 제가 좋아서 했지만 하고 싶을 때만 한 건 아니라고 했잖아요. 하기 싫을 때도 연출님이 부르니까 가긴 했는데, 연기를 잘한다는 칭찬을 받고 싶었지 일을 잘한다는 말을 듣고 싶었던 건 아니에요.

저도 알고 있었어요. 연출님이 누굴 이뻐하는지, 누굴 최고로 생각하는지. 연출님은 연기 잘하고, 거기다가 얼굴도 되고 몸매도 되는 사람을 좋아해요. 비쳇 언니나 백작의 시종을 맡은 발레리노처럼 생긴 그런 사람들을요. 그들에겐 기회가 되면 좋은 데 연결해 주겠다고 공개적으로 말하기도 했어요. 그래서 더 연출님한테 잘 보이려 하는 거고요.

공연은 2월 셋째 주였는데, 2주 남겨 두고 단체 포스터를 촬영했어요. 각자가 맡은 배역의 옷은 각자 준비해야 했어요. 저는 광녀니까 검은 원피스 위에 넝마 같은 숄을 걸쳐요. 모자도 테두리가 해진 걸 구했고요. 포스터는 마루 페이스북 페이지에 올리는 거예요. 사진 촬영비는 배우들 부담이에요. 아빠가 보내 준 돈이 촬영비까지는 안 돼서 자격증 따려고 학원에 등록한다 그러고 엄마한테서 받은 돈으로 냈어요.

언젠간 들킬 거라 생각했지만 하마터면 무대에도 못 올

라 보고 엄마랑 크게 부딪칠 뻔했어요. 포스터 촬영하는 날이 엄마가 쉬는 날이었거든요. 화장은 마루에 가서 할 생각이었고, 원피스는 친구한테서 빌렸어요.

점심 먹고 나가려는데 엄마가 요즘 어딜 그렇게 쏘다니느라 집에 붙어 있지를 않느냐고 하더라고요. 약속이 있다고 했더니 제 손에 든 종이 가방을 보자고 했어요.

"왜? 아무것도 아냐. 옷이야."

"무슨 옷?"

엄마가 제 손에서 종이 가방을 확 낚아챘어요.

사실대로 말하면 통하지 않을 것 같아서 알바한다고 거짓말했어요. 포스터 사진 찍어도 엄만 페이스북 같은 거 안 하니까 숨길 수 있다고 생각했죠. 누가 너더러 알바하라고 했느냐며 엄마가 소리쳤어요.

"토요일 일요일에 잠시만 하는 거야. 한 달만 하고 그만둘 거야."

저도 큰 소리로 대꾸했죠.

"좋게 말할 때 그만둬. 요즘 세상이 얼마나 험한데 고등학생이 무슨 알바야. 자격증 준비해야 한다면서 공부는 안 해?"

엄마 잔소리가 더해졌어요. 왜 시키지도 않는 고생을 사서 하느냐고요. 엄마가 고생하는 게 다 나 때문이라고.

전철을 타고 가면서 엄마한테 장문의 카톡을 보냈어요. 엄마를 속이는 건 미안했지만, 이번 알바만 끝나면 공부 열심히 할 테니 걱정하지 말라고요. 그래야 무사히 연극을 끝낼 수 있을 것 같았거든요.

그날, 기분이 안 좋았어요. 엄마가 제 카톡을 보고도 답을 하지 않았거든요. 사진을 촬영하는 스튜디오에도 늦게 도착했어요. 제가 제일 늦은 줄 알았는데, 다행히 저보다 늦게 온 사람이 둘이나 있어서 인하 샘 잔소리만 듣고 그냥 넘어갔어요.

사진 촬영한 날이 한 달에 한 번씩 뒤풀이를 하는 날이었어요. 촬영 끝나고 카페에 모였어요. 연출님이 각자 음식을 한 가지씩 가져오라고 했어요. 매번 그랬어요. 다 같이 모여서 먹자고요. 음료나 커피는 연출님이 제공했고요. 치킨을 사 오는 사람도 있고 빵이나 과자를 사 오는 사람도 있었는데, 저는 빈손으로 갔어요. 형편 되는 사람이 많이 사 오기도 하니까, 빈손으로 가도 괜찮긴 했어요. 나눠 먹는 거니까요.

알바 언니가 없어서 커피는 제가 만들었어요. 제가 차를 가지고 테이블로 갔을 때, 마리 언니가 연출님한테 한마디

했어요.

"연출님, 쟤 알바로 쓰시면 시간당 얼마 줘요?"

나를 걱정해서 하는 말인데 듣기에 따라서는 가시가 돋친 말이었어요. 다른 사람들은 눈치채지 못했겠지만 저는 느낌으로 알았어요. 연출님 얼굴을 살폈는데, 무표정했어요. 시끄럽기도 했고, 마리 언니도 말하고 나선 헤헤, 하고 웃어서 분위기에 묻혀 그냥 넘어갔어요.

그날 정리는 다 같이 했어요. 마리 언니는 약속이 있어서 가 봐야 한다고 쏙 빠져나갔지만요. 연출님이 나를 부르면 어쩌나 했는데, 다행히 연출님을 만나러 뒤늦게 온 손님이 있어서 그냥 가셨어요.

괜히 신경 쓰였어요. 마리 언니가 한 말을 연출님이 분명히 들었거든요. 그런데 분위기에 묻혀서 대답을 안 한 건지, 기분이 나빠서 안 한 건지. 전철 타고 집으로 돌아오면서 마리 언니한테 책임지지도 못할 거면서 왜 그랬느냐고 묻고 싶었는데, 전화번호가 없었어요. 단톡방에 있는 카톡을 따서 메시지를 보낼까 하다가 그만뒀어요.

포스터 촬영하고 난 뒤로 매일 연습이 있었는데 연출님은 한 번도 저를 따로 부르지 않았어요. 부르지 않아도 카페에 가기도 했는데 마리 언니가 그 말을 한 뒤로는 왠지 갈 수가 없었어요.

분위기가 이상했어요. 연출님이 저랑 눈도 안 마주쳤거든요. 마리 언니도 연출님한테 연기에 집중하라는 꾸중을 여러 번 들었고요. 어느 날 저녁, 마리 언니가 연습 끝나고 연습실 밖에서 저한테 이상한 얘길 하더라고요.

"마루 연기 교실에 문제 있다고 생각하지 않니?"

"무슨 문제요?"

저는 마리 언니 말이 무슨 뜻인지 몰라 눈을 끔벅거리면서 물었어요.

"암튼 내 생각엔 문제 있어. 저번에 내 친구도 카페에서 너처럼 돈 한 푼 못 받고 일하면서 연습했대. 내가 슬쩍 운을 뗐더니 연출님이 생깠잖아. 너한테도 이젠 카페 보라는 말 안 하지?"

"네."

"불러도 가지 마. 내가 문제를 만들면 출연할 수가 없겠지? 그럼 당장 어쩔 거야. 마리 없이 비쳇만 등장할 수 없잖아."

"정말 그러게요?"

"그러면 나를 이 바닥에 발도 못 붙이게 하겠지? 요즘 갑질이니 뭐니 문제 많잖아. 은근한 압박감이 장난 아니야. 너도 봤잖아. 연출님이 연습 때 나한테 신경질적으로 대하는 거."

그 이튿날 마리 언니가 정말로 연습에 빠질까 봐 걱정했는데, 다행히 연습에 나왔어요. 그날은 연출님한테 칭찬도 받았고요.

공연은 50명 한정 티켓을 팔았어요. 티켓 값은 지인한텐 50퍼센트 할인인데, 마리 언니는 아무도 초대 안 하겠다고 했어요. 저도 초대할 사람이 없었고요. 티켓 신청할 사람은 단톡방에 올리라고 했어요. 비쳇 언니가 다섯 장이나 신청하고, 다른 사람들도 몇 장씩 했어요. 티켓 판매는 강제가 아니지만 그래도 눈치가 보였어요.

그런데 티켓 신청한 날 마리 언니는 먼저 가고 제가 막 연습실을 나서려고 할 때였어요. 연출님이 느닷없이 제일 친한 사람이 마리냐고 물었어요.

"그냥, 저한테 잘해 주니까……."

"카페 나와서 일하는 게 힘들다고 말했니? 그런 일이면 나한테 말해야지."

"아니에요. 그런 말 한 적 없어요."

"둘이 친하다면서?"

저는 입을 꾹 다물고 대답하지 않았어요.

"나 없는 데서 뭐라고 하지 말고 앞으론 불만 있으면 직접 얘기해. 예의라는 게 있는 거야."

저는 네, 하고 작은 소리로 대답했어요.

"그래, 열심히 하자. 공연이 며칠 안 남았잖아."

연출님이 제 어깨를 툭 치고는 먼저 나갔어요. 순간, 저는 얼음처럼 굳어 버렸어요. 열심히 하자는 격려 같았지만 그렇게 느껴지지 않았거든요. 이제 와서 네가 어쩔 건데? 하는 위협처럼 느껴졌어요. 연출님은 평소에도 농담은 하지 않지만 정색을 하고 말할 땐 되게 차갑거든요.

연습 마지막 며칠 동안은 얼마나 허둥댔는지 몰라요. 최종 리허설 때는 대사도 까먹었어요. 한 번도 막힌 적이 없었거든요. 연출님한테 계속 혼나면서 겨우겨우 했어요. 어떻게 공연을 했는지 생각도 안 나요. 뭔지는 모르지만 워크숍 공연이 끝나면 나도 끝나 버릴 것만 같은 느낌 있죠? 모든 게 다요.

선생님, 물 한 잔만 주실래요?

아, 고맙습니다.

〈비쳇〉은 한 달 전에 끝났어요. 다 끝나 버린 것 같아요.

공연이 끝나자마자 마루 11기 단톡방이 이상했어요. 처음엔 한두 명씩 빠져나가더니, 어느 날부터인지 그대로 정지해 버린 거예요. 몇 명밖에 안 남았는데, 그대로 두고 자기네들끼리만 따로 단톡방을 만든 것 같았어요. 제가 이상하다고 생각하세요? 아뇨. 그런 건 감으로 알아요. 제가 단톡방에 인사를 남겨도 아무도 답을 하지 않았어요.

이곳을 찾아오기로 마음먹은 이유는 나 혼자라는 느낌을 견딜 수 없어서예요. 아무도 나를 알아주는 사람이 없어요. 학교에서도, 집에서도, 내가 아무 쓸모 없는 사람처럼 느껴져요.

선생님, 제가 뭘 잘못했나요? 아직 잘 모르겠어요. 모든게 다 제가 못난 탓이라고만 생각했어요. 그런데 모두들 감쪽같이 저만 따돌린 것 같아요. 공연이 끝나고 마리 언니에게 할 말이 남아서 카톡을 보냈는데 제 카톡을 씹었어요. 저를 도와주려고 한 게 아닐지도 모른다는 생각이 들어요. 생각할수록 뭐가 뭔지 모르겠어요. 연출님이 나쁜건지, 도와줄 생각도 없으면서 말만 한 마리 언니가 나쁜건지, 아니면 제가 바보 같아서 11기에 제대로 섞이지 못한 건지.

아무도 저를 도울 수 없다고 생각했어요. 선생님마저도

저를 도울 수 없다고요. 제가 첫 상담 약속을 어긴 것도 그 래서였어요. 아무도 믿을 수가 없었어요.

여기 찾아왔을 때, 카페 마루가 생각났어요. '청소년 상담 센터'라는 간판보다 담벼락에 죽은 듯이 붙어 있는 담쟁이덩굴이 먼저 눈에 띄었거든요. 선생님은 제 얘길 들으면서 어떻게 생각하실지 모르겠지만, 저한텐 중요한 문제였어요. 죽고 싶을 만큼요.

제가 처음 이 자리에 앉았을 때 선생님이 말씀하셨잖아요. 자신의 문제는 스스로 말하지 않으면 다른 사람이 그냥 알아주는 법은 없다고요. 솔직한 제 마음을 말씀드리는 거예요. 연기를 배우고 연극 무대에 서는 건 처음 시작이나 마찬가지였는데, 거기서 문이 닫혀 버린 느낌이, 절망적이었거든요. 중학교 때 국어 샘 말만 믿었어요. 잘나고 예쁜 사람만 연기를 할 수 있는 게 아니라, 수많은 조연 덕분에 주인공도 살 수 있다는 말을요. 연출님한테 잘 보이려고 카페 마루에서 일한 건 아니에요. 그건 진심이에요.

그런데 마루 연기 교실에서는 저 같은 배우는 얼마든지 구할 수 있잖아요. 비쳇처럼 멋지고 발레리노처럼 잘생기고 잘난 몸을 가진 사람만 환영받았어요. 그러니까, 처음부터 저는 카페 일이나 도와주면 고마운 사람 정도밖엔 안 됐던 거예요.

저 하나쯤 연기를 그만둔다 해도 인하 샘도 연출님도, 마리 언니조차도, 아무도 신경 쓰지 않겠죠. 네 인생이니까 네가 알아서 해야 하지 않겠느냐고요.

선생님은 어떻게 생각하세요? 제 생각이 틀렸나요?

이미테이션 플라워

"카메라가 있다는 걸 의식하면 안 돼요. 그럼 자연스럽지 못하거든요. 카메라 쪽을 쳐다봐서도 안 돼요. 카메라와 시선이 부딪치면 클로즈업된 것처럼 표가 나거든요."

그 말을 들은 다음부터 아진은 뒤를 돌아보는 버릇이 생겼다. 길을 걷다가도, 엄마와 마주 앉아 밥을 먹다가도, 책상 앞에 앉아서도 문득 뒤를 돌아보았다. 촬영은 시작되지도 않았는데 카메라가 집 안에 있는 것 같고, 누가 뒤를 따라오는 것 같았다.

"딤티!"

엄마의 발음이 다른 때보다 더 뭉개졌다. 평소엔 또렷하던 'ㄱ' 발음까지 엉기는 걸 보니 컨디션이 좋지 않아 보였다. 혓바닥을 씹은 것처럼 표정도 일그러졌다. 푹 꺼진 한쪽 볼이 심하게 떨렸다. 휴대폰이 울렸다. '작가 언니'라고 저장해 둔 이름이 떴다. 아진은 가위로 잘게 썬 김치 조각을 엄마 밥그릇에 올려 주고 방으로 들어왔다. 엄마가 보는 앞에서 통화하고 싶지 않았다. 아진이 통화하는 중에도 엄마는 심하게 뭉개지는 발음으로 무슨 일이냐고 몇 번이고 물을 테니까.

"오빠하고는 통화해 봤어요?"

"아직요. 지금 저녁 시간이라."

병사들에겐 저녁 먹고 나서 개인 활동 시간에 휴대폰을 쓸 수 있는 시간이 주어진다고 했다.

"부대는 저녁 시간이 몇 시라고 했죠?"

"5시 반부터일걸요. 좀 전에 전화를 안 받아서 메시지 남겨 놨어요."

"그럼 넉넉잡아 6시 반쯤이면 알 수 있겠네요."

"잘 몰라요."

오빠가 전화를 받을지, 메시지에 답을 줄지 모른다는 뜻이었다.

"어……."

말을 늘이는 작가 언니의 속마음은 아마 '그러면 곤란한데'였을 것이다. 오늘만 두 번째 통화였다.

"그럼 한 시간쯤 뒤에 다시 전화해도 되죠?"

한 시간이나 기다렸다가 다시 전화할 테니 꼭 오빠와 전화 통화를 하라는 얘기로 들렸다.

"아……, 네."

아진은 대답을 얼버무렸다.

하루가 물에 뜬 것처럼 출렁거렸다. 이상하게 마음이 불편한 날이라고, 아진은 생각했다.

작가 언니와 전화 인터뷰를 시작한 것은 일주일 전쯤이었다.

낯선 번호로 아진에게 전화가 왔다. 한 종편 방송국에서 방영하는 〈함께라면〉의 작가라고 했다. 어디서 들어본 듯한 목소리였는데, 앳되고 수줍어하는 듯한 목소리가 친근하게 들려서였다.

작가 언니가 관할 복지관의 사회 복지사 얘기를 꺼냈을 때야 아진은 한 달 전쯤에 집을 방문한 사회 복지사가 엄마의 사연을 방송국에 제보해도 괜찮겠냐고 한 말이 떠올랐다. 방송국에서 먼저 의뢰가 왔다고 했다. 사연이 채택된다는 보장은 없지만 만약 된다면 많은 도움이 될 거라고 했다. 하지 마세요, 라는 말은 하지 않았다. 되지 않을 거라고 생각했다. 세상에서 가장 불편한 행운이 있다면, 낯 뜨거운 요행이 있다면, 바로 그런 일일 테니까.

작가 언니는 사회 복지사와 전화 통화를 끝냈고, 사연에서 진정성이 느껴졌다고 했다. 문득 작가 언니의 나이가 궁금했다. 대학을 갓 졸업했으면 스물세 살이나 스물넷, 취업을 늦게 해도 20대겠지. 언니처럼 그런 일을 하려면 어떻게 하면 돼요? 아진은 묻고 싶었다.

"우리는 아진 학생한테 초점을 맞추고 싶어요. 학교 성적도 꽤 좋다고 들었거든요. 아픈 엄마를 돌보면서 1, 2등 하기가 쉬운 일은 아닐 텐데……."

사회 복지사에게 학교 성적 얘기를 한 적이 있었나? 엄마가 자랑하듯이 했을지도 모르겠지만 아진은 생각이 나지 않았다. 전교 1등은 중학교 때 성적이었다. 그것도 딱 한 번, 중간고사 성적이었다. 엄마는 그걸 기억하고 있었다. 작가 언니는 아진이 마치 지금 전교에서 1, 2등이라도 하는 투로 말했다. 하지만 아진은 작가 언니의 말을 고치진 않았다. 고등학교에 들어와서는 성적이 많이 떨어졌다. 중학교와 고등학교는 그야말로 차원이 다른 세계니까. 지금 성적으로는 아진이 원하는 대학에 갈 수 없었다. 국가 장학금 제도가 있으니 합격만 하면 학비는 지원받을 수 있지만, 문제는 그 문턱을 아진 스스로 넘어야 한다는 거였다.

작가 언니는 원고의 완성도를 높이려면 인터뷰를 충분히 해야 한다고 했다. 인터뷰로 대본을 구성하고, 촬영에 들어가기 전에 만나서 다시 확인하는 절차를 거칠 거라고 했다. 방송은 한 달 뒤에나 나간다고 했다.

"아버지 얘기 좀 해 줄래요?"

아진은 대답을 망설였다.

"얘기하고 싶지 않아요?"

"……."

"그럼 묻는 말에 대답해 줄 수는 있어요? 혹시 이혼하셨나요?"

"네."

"아진 학생 몇 살 때였어요?"

"잘 모르겠어요."

"아주 어릴 때였겠네요."

"네. 아빠 얼굴이 기억나지 않아요."

"생계비는 어머니 앞으로 나오는 수급비 말고는 없겠네요. 학교는 장학금으로 다니는 거죠?"

아진이 단답식으로 대답하면 작가 언니는 가지를 쳐 나

가듯이 세세하게 물었다. 아진이 얘기할 때 톡톡 탁탁, 자판을 두드리는 소리가 들려왔다. 충분한 얘기란 어느 정도를 말하는지 모르겠다. 아직 얼굴도 본 적 없는 작가 언니는 전화 통화만으로도 아진의 많은 것을, 엄마와 아진의 일상을 꼼꼼히 엿보는 듯이 느껴졌다.

그만둘까?

아진의 마음이 갈팡질팡했다.

아진이 그릇들을 싱크대로 옮기고 밥상을 닦을 때 엄마가 우리 딸 미안해, 하고 작은 소리로 말했다. 이 컷을 카메라에 담는다면 엄마에게 초점을 맞추겠지. 미안해, 하고 말할 때 우는 듯한 표정으로 일그러지는 얼굴.

좌우 비대칭.

엄마는 얼굴만이 아니라 몸도 비대칭이다. 힘이 들어가지 않는 한쪽 팔다리는 중간을 고무줄로 묶어 놓은 것처럼 덜렁거린다. 신체장애가 있는 엄마가 뇌졸중으로 쓰러진 뒤 몸의 기울기는 한쪽으로 더 쏠렸다. 만약 엄마가 발작을 일으켜 입에 거품을 물고 있는 모습이 텔레비전 화면에 잡힌다면 어떻게 될까.

집 안은 후텁지근했다. 거실에 벽걸이용 에어컨이 설치

되어 있지만, 에어컨이 돌아간 건 며칠뿐이다. 엄마, 에어 컨 좀 틀까? 아진이 물으면 엄마는 고개를 세차게 흔들었 다. 전기 요금 때문이다. 선풍기가 사방으로 돌아가게 해 놓고 텔레비전 앞에 앉은 엄마는 간간이 땀을 닦고 있다. 선풍기 바람은 설거지하는 아진에겐 닿지도 않았다. 수돗 물도 미지근했다.

엄마는 드라마보다 다큐멘터리를 좋아한다. 리모컨을 쥔 손을 텔레비전 앞으로 쭉 뻗어 이리저리 채널을 돌리다 가 이거다 싶은 프로그램이 잡히면 리모컨을 내려놓는다. 시장 사람들 이야기를 제일 좋아하긴 한다.

"저거야. 저 과자. 옛날 과자." 엄마가 손가락으로 가리 키는 텔레비전 화면 속 과자를 아진은 좋아하지 않는다. "아빠가 모는 트럭을 타고 같이 다녔어." 엄마 입에서 아 빠라는 소리가 아무렇지도 않게 흘러나오는 것도 좋아하 지 않는다. 엄마가 '아빠'라는 말을 조심할 때는 오빠가 있 을 때뿐이었다. 오빠는 아빠가 엄마에게 어떻게 했는지를 다 보았고, 기억하고 있으니까.

엄마는 전에 봤던 프로그램도 처음 보는 것처럼 진지하 게 본다. 미간에 힘이 들어가고 눈동자가 이리저리 흔들릴 때는 감정이 이입됐다는 뜻이다. 지난번에 봤던 가족 이야기가 나오는 다큐멘터리를 보면서 콧물을 훌쩍거리기도 한다. 저번에도 저 장면에서 코를 훌쩍거렸다는 걸 아진은 기억한다. 엄마는 어쩌면 텔레비전에 나오는 '아픈' 사람들의 이야기를 보면서 사회 복지사의 얘기를 받아들였는지도 모르겠다. "있는 그대로 솔직하게 보여 주시면 돼요. 크게 번거롭게는 안 할 거예요, 어머니." 아진도 옆에서 들었다. 있는 그대로, 아무 일도 일어나지 않는데 뭘 보여 주라는 거지?

정확하게 재지는 않았지만 한 시간쯤 뒤에 작가 언니한테서 전화가 왔다. 작가 언닌 퇴근 시간도 없나? 아니면 집에서 일을 하나? 아진은 이번엔 텔레비전을 보는 엄마 옆에서 전화를 받았다. 한 달 전엔가 엄마가 공중파 채널에서 본 다큐멘터리를 89번 채널에서 또 방영하고 있었다. 채널을 돌리다가 우연히 재방송하는 프로그램을 본 엄마는 리모컨을 손에 든 채 화면을 바라보고 있다. 열한 살짜리 여자애가 아픈 할머니와 같이 살면서 집안일을 하고 할머니를 씻기기까지 한다. "고사리 같은 손으로"라는 내레이션이 들렸다.

"오빠랑 연락해 봤어요?"

"아직요."

"어⋯⋯."

어, 하고 응대하는 건 작가 언니의 버릇 같았다. 실망하거나 당황할 때 아진이 아는 누군가도 저런 식으로 반응했는데.

"세 식구가 모여 있는 장면을 한 컷 찍을 수 있었으면 했는데, 군인은 아무래도 시간을 맞추기가 어렵겠죠. 그럼 어떻게 한담⋯⋯."

그게 아니구요, 하고 말해야 하나 아진은 망설였다.

"저기요 아진 학생, 아진 학생은 꿈이 뭐예요?"

작가 언니가 불쑥 물었다.

"네?"

"그러니까, 장래 희망이랄지 또는 어떤 사람이 되고 싶은지⋯⋯."

이런 질문은 초등학생 때 받아 보고 처음이었다. 이 언니, 되게 웃기네. 아진은 순간 픽, 웃음이 나오려고 했지만 무례하게 생각할 것 같아 입을 다물었다.

"제가 생각한 건 '열여덟 살 소녀의 꿈'이거든요. 물론 어머니가 살아온 이야기도 충분히 들어가지만, 어⋯⋯ 뭐랄까, 어머니의 미래가 곧 아진 학생이니까."

엄마의 미래가 나라니. 오빠도 있는데 나만 엄마의 미래인가?

아진은 말문이 막혔다.

"너무 어렵게 생각할 필요 없어요. 간절히 바라는 것이면 뭐든 가능해요. 꿈이라는 게 원래……."

"생각해 볼게요."

전화 통화를 끝내고 나자 아진을 힐끔거리던 엄마가 무슨 일이냐고 물었다.

"아무것도 아냐."

아진은 멍한 눈으로 엄마를 바라보며 작가 언니가 말한 꿈이라는 게 뭘까를 생각했다.

정현이 일하는 편의점 근처는 늘 지저분했다. 편의점 옆 좁은 골목 안쪽으로 쓰레기가 쌓여 있었다. 쓰레기를 함부로 버리지 말라는 경고판이 버젓이 있는데도 편의점 불빛이 닿는 데만 말짱했다.

정현은 머리통만 보인 채 계산대 안쪽에 앉아 있다가 아진이 문을 열고 들어서자 튕기듯 일어나 "어서 오세……" 인사를 하다 말았다.

"놀랐어?"

"놀라긴. 웬일? 나를 마중 나온 것 같진 않은데."

"그냥. 컵라면 먹고 싶어서."

"컵라면 하나 먹으려고 20분씩이나 걸어서 오냐. 편의점은 원래 편하려고 가는 건데."

정현은 눈치가 빨랐다. 눈치 하나 빼면 다른 재주는 다 B급이라고 자조하는 친구였다. 고등학교에 입학해서 아진이 제일 먼저 마음을 연 친구이기도 했고, 지금까지도 그랬다.

정현과 친해지면서 집안 사정은 서로 알고 있었다. 갈등이 심한 정현의 부모님이 이혼할 거라는 얘기만 1년을 넘게 들어 왔다. 차라리 이혼해 버리지, 맨날 원수같이 싸워. 그러면서 붙어 사는 거 지긋지긋해, 하고 말할 때만 해도 정현이 학교를 그만두게 될 줄은 몰랐다. 부모님이 쉽게 허락해 주더냐고 묻자 정현은 피식 웃으며 대답했다. 당연히 해 주지, 어떡하면 일찍 나가서 돈 버나 그 생각만 하는 사람들인데, 라고. 아진이 그래도 그렇지, 그건 부모님의 진심이 아닐 거라고 하자 정현이 말했다. 우리 엄마가 뭐라고 한 줄 아니? 너도 나처럼 살아 봐라, 네 멋대로 한번 살아 봐라, 그러고는 내 맘대로 하랬어.

아무리 그래도 학교까지 때려치울 용기를 내다니. 그러고 보면 정현은 눈치만 A급이 아니라 용기도 A급이었다.

정현이 야간 타임 후임자에게 계산대를 넘겨주고 둘은 밖으로 나왔다.

"할 얘기가 있는 것 같은데?"

정현이 몇 발짝 걷다가 물었다.

"안 한다고 할까?"

"뭘?"

"방송."

"아, 그거. 아직도 촬영 시작 안 했어?"

"시작했으면 했다고 너한테 먼저 말했지."

"난 또 그것 때문에 바빠서 톡질할 시간도 없나 보다 했네."

"설마 너한테 말도 안 하고 시작했을까 봐."

"근데 이제 와서 왜. 방송국 사람들이 정상이 아니야?"

정현이 키들키들 웃었다.

"얼굴 팔리잖아. 한 번 팔리면 두고두고 돌아다닐 텐데."

"야, 그런 건 처음부터 각오했어야지."

"각오는 했지. 그런데 작가 언니가 나더러 꿈이 뭐냐고 묻는데 갑자기 현실이 싸늘하게 보이는 거야. 그것도 한꺼번에 완전히 다."

정현이 아진의 마음을 안다는 듯 어깨를 토닥였다.

"좋은 방법이 없을까?"

"알면서 물어? 나처럼 학교 그만둘 거 아니면 예쁘게 나오도록 최선을 다하는 수밖에."

정현의 말에 아진은 생각이 더 많아졌다.

"나는 네가 부러워."

헤어지는 길에 정현이 말했다.

"뭐가?"

"넌 엄말 사랑한다며. 불쌍하고 가엾다며. 쪽팔림은 한순간이지만 사랑은 남잖아."

"야, 그건 네가 할 소리가 아닌 것 같은데."

아진이 큭큭 웃으며 정현의 어깨를 과장된 동작으로 쳤지만 정현은 웃지 않았다.

아진은 수학 문제를 풀다 말고 휴대폰을 뒤적였다. SNS를 적극적으로 활용하는 편은 아니지만, 공부에 집중이 안될 때는 잠시 휴대폰을 쥐고 머리를 식혔다. 인기 유튜브를 대문에 걸어 놓은 친구들도 있었지만, 그런 건 클릭하지 않았다. 아진은 문득 엄마에게 친구가 있었나, 하는 의문이 들었다. 정현이 같은 친구 말이다. 집안 사정이나 고민을 털어놓고 아무 때나 찾아가면 만날 수 있는 친구.

아진이 아는 한 엄마에겐 특별한 친구가 없었다. 이모들도 멀리 살고 있어서 얼굴 보기 힘들고 사이도 별로 좋지 않았다. 특별한 일이나 있어야 연락하고 지내는데, 엄마는 이모들한테 아쉬운 소리 하기가 싫은지 먼저 연락하지 않았다. 외할아버지나 외할머니는 얼굴도 보지 못했다. 아진이 태어나기 전에 다 돌아가셨다니까.

그렇다면, 엄마에게 이웃이란 어떤 사람들일까.

일주일에 네 번, 하루 네 시간씩 와서 엄마를 돌보는 요양 보호사님? 아진과 가끔씩 바람 쐴 겸 장을 보러 가는 단골 채소 가게 아줌마? 2층 집주인 아줌마? 엄마의 이웃들은 전부 텔레비전 속에 있다. 하루의 반은 누워 지내는 엄마가 만나는 이웃들. 손을 내밀어도 잡아 줄 수 없고 말을 걸어도 대답해 줄 수 없는 그림자 같은 사람들.

사람들은 아진이 엄마 손을 잡고 지나갈 때면 하던 일을 멈추고 힐끔거린다. 제발 쳐다보지 마요. 아진은 소리치고 싶어진다. 작가 언니는 아진이 엄마와 함께 가끔 산책을 나간다고 하자, 그럼 밖에서도 한 컷 찍는 게 좋겠네요, 라고 했다. 카메라 프레임 안에 엄마와 손을 잡고 천천히 걷는 아진, 딸의 손을 잡고 한쪽 다리를 끌며 간신히 걷는 엄마가 나란히 담기면, 그 외의 사람들 시선은 어떻게 처리될까?

정현과 헤어져 집으로 돌아올 때 아진은 불현듯 정현이 어느 날 갑자기 사라질 것만 같은 생각이 들었다. 돌아서서 성큼성큼 걸어가는 성현의 등을 바라보며 한참을 그 자리에 서 있었다. 정현은 충분히 그럴 수 있는 아이라고 생각했다.

> 카메라 렌즈로 들여다볼 때처럼
> 그런 기분 알아?

며칠 전 정현과 주고받은 메시지를 다시 찾아보았다.

> 뭔 소리야

> 우리 엄마랑 아빠
> 싸울 때 말이야.

> 알 것 같은데?

> 네가 뭘 알아.

> 나도 잘 모르겠다는
> 말을 하는 건데.

> 뭘?

카메라를 내던지고 저 속으로
뛰어들어야 하나······.

그랬어야 하지 않아?

그게 쉽지 않아서.

······.

112에 신고하려고 했었어.

진짜?

아빠한테 맞아서 눈이
퉁퉁 부은 엄마가 말렸어.

집안 망신 시키지 말라고.

갑자기 네가 부럽다고 한 정현이 말의 맥락을 알 것도
같았다.

열대야가 이어지던 밤 기온이 내려가기 시작했다. 약하
게 틀어 놓은 선풍기 바람이 시원하게 느껴졌다.

여름 방학도 이제 며칠 남지 않았다. 집에서 엄마와 단
둘이 보낸 시간이 엄마에겐 짧기만 했을 것이다. 다른 애

들은 학원이다 과외다 바쁘게 보내는데 나 혼자만 이렇게 보내도 되나, 아진은 걱정스러웠다.

교육 방송을 아무리 철저하게 듣는다고 해도 무리인 과목이 있었다. 수학도 늦었고, 영어도 점점 어려워지고 있었다. 엄마에게 학원 얘기를 해 봤자 소용없을지도 모른다. 엄마는 지금 이 시기가 아진에게 얼마나 중요한지 모를 테니까.

"엄마."

엄마는 고개조차 돌리지 않았다.

"엄마!"

두 번은 불러야 알아들을 만큼 엄마는 정신이 희미해진 걸까. 엄마가 흐릿한 눈으로 아진을 돌아보았다.

"아침 약 먹었어?"

"어……?"

또 잊어버린 모양이다. 아진은 식탁 위에 놓인 약봉지들을 뒤적여 엄마가 아침에 먹어야 하는 약들을 챙겼다.

약을 올려놓은 손바닥을 물끄러미 들여다보는 엄마, 물컵을 든 채 무표정한 얼굴로 엄마를 바라보는 아진이 카메라에 담기려면 연출이 필요하겠지? 다정하게 엄마 손바닥에 약을 놓아 주고 물컵도 입에 갖다 대 주고, 물이 흘러내린 턱도 닦아 주는 풍경으로. 엄마는 약을 털어 넣고 물을 마신 뒤 고개를 뒤로 잔뜩 젖혀 흔들었다.

"미안해, 우리 딸."

엄마는 늘 미안하다고 말한다. 가끔은 앞뒤도 없이 미안하다는 말부터 한다. 사랑해, 고마워, 라는 말보다 뭐든 미안해, 가 먼저였다. 엄마는 잘못한 게 없는데도 무슨 잘못을 저지른 사람처럼 말했다. 몸이 불편한 엄마는 모든 사람에게 미안해요, 라는 말을 입에 달고 살았다.

아진이 초등학생일 때 엄마는 집에 틀어박혀서 매일 꽃을 만들었다. 녹색 테이프가 감긴 자유자재 철사와 꽃봉오리, 이파리가 따로따로 비닐봉지에 담겨 왔다. 철사의 봉에 꽃봉오리를 끼우고 이파리를 붙이면 꽃 한 송이가 완성되었다. 밀가루 반죽 같은 공업용 본드가 담긴 깡통에서 뾰족한 나무 막대기로 풀을 콕 찍어 이파리 끝에 칠하는 작업은 아진도 할 수 있었다. 본드 냄새를 오래 맡으면 기침이 나왔다. 엄마는 불편한 다리를 접지 못해 한쪽 다리를 길게 편 채로 온종일 꽃을 만들었다.

아진이 학교에서 돌아오면 완성된 꽃송이가 무더기로 쌓여 있었다. 장미, 백합, 튤립, 꽃송이가 크고 이파리가 길쭉길쭉한 꽃송이들은 징그러웠다. 아진은 사람들이 왜 가짜 꽃을 좋아하는지 알 수 없었다.

"엄마, 이다음에 내가 진짜 꽃을 이만큼 선물해 줄게. 가짜 말고 진짜 꽃."

"이것도 이쁜데 뭐 하러."

엄마는 가짜 꽃도 예쁘다고 했다.

"이건 꽃이 아니잖아."

"왜 아냐, 꽃은 꽃이지. 그럼 이걸 뭐라 불러? 강아지나 고양이라고 불러?"

엄마는 웃으며 말했다.

그러나 이제 엄마는 조화조차 만들 수 없는 사람이 되었다. 엄마는 혼자만의 세계에 갇혀 세상을 살아간다. 엄마의 생각은 단조롭고, 일상도 단조롭다. 수면 유도제를 먹고 잠들기도 하는 엄마는 하루의 반은 멍하게, 단순하게 깨어 있을 뿐이다. 아진은 미뤄 놓은 빨래나 집 청소, 설거지 따위가 걱정돼 시험공부를 하고 있을 때마저 찜찜하다. 친구들의 SNS에 올라오는 근사한 생일 파티 사진이나 주말여행 사진을 보면서도 그런 건 꿈조차 꾸지 않았다. 그 애들과 다른 집에서 태어났으니까 그런 것 따위엔 초연할 수 있다. 아무렇지 않은 척 넘길 수 있다.

그렇지만 아진은 엄마만 생각하면 가끔씩 가슴이 답답

했다. 집안 망신 시킨다고 신고를 못 하게 한 정현의 엄마와 뭐든 미안해, 라고만 말하는 엄마, 두 사람 중에 누가 더 불행할까? 하지만 불행은 물건처럼 비교할 수 없다.

아진은 집을 떠나는 게 제 꿈이에요, 라고 작가 언니에게 말하고 싶다. 정현은 언제든 집을 떠날 수 있지만 지금은 참는다고 했다. 자립할 수 있을 때까지만 참아 주는 거라고 했다. 정현을 만나고 돌아오는 길에 아진은 난 네가 더 부러운데? 차마 그 말은 할 수 없었다.

> 통화 가능한가요?

작가 언니가 묻는다.

휴대폰에 들어온 메시지를 빤히 들여다보다 아진은 전원 버튼을 눌러 버리고 눈을 감았다. 피할 수 있는 건 아주 잠깐뿐일 테지만 추궁당하고 쫓기는 기분은 별로다. 아진은 책상에 엎어진 채 꼼짝도 하지 않았다. 아진은 오빠에게 묻고 싶었다.

오빠 아무 상관이 없냐고, 괜찮겠냐고.

"힘들지?"

빨래를 걷어 놓은 거실 가운데로 엄마가 엉덩이를 밀어 다가앉으며 물었다. 빨래는 세탁기가 돌리지만, 빨래를 잊어버리지 않고 꺼내서 널고 개키는 게 성가셨다.

"나, 알바 찾아볼까?"

수건 한 장을 개서 손등으로 누르던 엄마가 아진을 쳐다보았다.

"공부해야지."

"이렇게 해선 대학 가기 힘들 것 같아."

"그래도 대학은 가야지. 가고 싶다고 했잖아."

다른 때보다 발음도 정확하고, 생각하는 것도 쓰러지기 전의 엄마와 다를 바가 없다.

아진은 엄마 얼굴을 낯선 사람 보듯 빤히 바라보았다. 아진은 자신의 장래를 엄마와 상의할 생각조차 하지 않았다. 엄마는 자기 몸 하나 가누기 힘든 환자니까, 엄마에게 부담을 주지 않는다기보다 엄마를 은근히 무시해 왔던 게 아닐까. 엄마에게 미안해, 라고 말해야 할 사람은 아진이었다.

"엄만 내가 대학 갔으면 좋겠어?"

"가면 좋지. 우리 딸이 대학생 되면 엄청 좋지."

엄마가 느릿느릿, 발음이 뭉개지지 않게 애쓰며 말했다.

"대학은 뭐 아무나 가나?"

공부할 형편이나 환경 따위를 생각해서 한 말이었다. 대학은 꼭 가야 하는 걸까? 아진은 자신에게 되묻고 있었다.

"우리 아진이가 왜 아무나야. 똑똑한 내 딸인데. 네 아빠도 가난한 집에 태어나서 그렇지 공부는 잘했어."

엄마 입에서 아빠 얘기가 아무렇지도 않게 나왔다. 전에는 아진 앞에서도 조심하던 얘기였다.

"엄만 아직도 아빠 얘기야?"

엄마에게 그랬듯이 자식에게도 아빠는 똑같이 나쁜 사람이었다. 그동안 아진은 아빠 생각은 조금도 하지 않았다. 아픈 엄마를 때리고 구박한 사람이니까. 무책임하게 버리고 떠난 사람이니까. 그 사람이 가난 때문에 공부를 못 해서 그렇든, 아빠 얘기는 더 듣고 싶지 않았다.

"그래도 아빤 아빠였으니까."

엄마가 곁으로 다가앉아 아진의 머리를 쓸어내리며 말했다. 힘없이 늘어진 엄마의 한쪽 팔이 바닥에 닿을 듯 덜렁거렸다.

"엄마, 내일이야. 내일 작가 언니랑 PD 아저씨랑 카메라 아저씨가 우리 집에 온대."

"언데?"

당황했는지 엄마의 발음이 뭉개졌다.

"아까 전화 왔어. 자연스럽게, 카메라는 쳐다보지 말고 그냥 하던 대로 하면 된대. 오늘 찍어 보고 안 되면 다음 날 또 찍으면 된다니까 긴장하지 말고."

통화할 때마다 작가 언니가 한 말을 엄마에게 해 주었다.

"으응."

엄마는 곧 닥쳐올 일이 어떤 일인지 짐작하고 있다는 듯이 태연스러워졌다. 아니면 무슨 일이 생길지 전혀 모르는 사람처럼 보이기도 했다.

지난밤에 엄마는 갑자기 한 차례 발작을 일으켰다. 한동안 없던 일이라 아진은 놀랐다. 119를 부를까, 생각했는데 다행히 짧게 지나갔다. 119를 떠올리는 순간 아진은 촬영할 때 이런 일이 벌어졌다면 어땠을까 생각하자 감정이 복잡해졌다. 구급차가 출동하고, 집 앞 좁은 골목으로 동네 사람들이 내다보고, 주인집 아줌마가 2층에서 슬리퍼를 짤짤 끌면서 내려오는 장면이 담기면 충분한 구경거리가 되겠지.

하지만 아진에겐 뉴스거리도 안 되는 일이었다. 그동안 엄마가 119 구급차에 실려 간 일은 셀 수도 없었다.

"엄마, 우리 미용실에 갈까?"

엄마가 갑작스럽다는 듯 아진을 쳐다보았다.

"엄마도 머리 좀 다듬어야 예쁘게 나와."

"누가 오는데?"

"텔레비전에 나갈 거잖아. 예쁘게 하고 있음 좋잖아."

아진이 거울을 가져다 엄마 앞에 놓았다. 엄마가 거울 가까이 얼굴을 들이대고 거울 속을 빤히 바라보았다.

"엄만 꿈이 뭐였어?"

"꿈?"

엄마가 어눌하게 되뇌었다. 다른 집 딸들도 엄마와 거울 앞에서 이런 대화를 나눌까? 자신이 열여덟 살일 때를 떠올리며 자신의 꿈을 딸에게 털어놓는 엄마도 있겠지. 나도 너만 할 때는 큰 꿈이 있었다고 말하는 엄마와 딸은 어떤 미래를 주고받을까.

"그냥…… 생각이 안 나."

머리칼을 이리저리 몇 번 넘겨 보던 엄마가 거울을 밀어 놓았다. 아랫배에 몰린 뭉클한 뱃살과 축 늘어진 볼, 가만히 있어도 떨림이 느껴지는 눈. 엄마는 많이 피곤해 보였다.

"누워 있어. 오늘은 내가 달걀 볶음밥 할게."

엄마와 미용실 가는 일조차 사실은 며칠 전부터 결심하

고 다그쳐야 하는 일이라는 걸 아진은 알고 있다. 기분 내키는 대로, 즉흥적으로, 하고 싶은 대로 뭐든 가능하지 않다는 것도. 다른 사람들은 아무렇지도 않게 해낼 수 있는 일을 똑같이 할 수 없다는 것을. 아진이 엄마 곁에서 떠날 수 없는 이유가 바로 그 때문이라는 것을.

　그냥 평범한 여느 하루처럼 밥 먹고, 청소하고, 마트에도 가고, 엄마 어깨도 주물러 주고, 공부하는 모습을 보여 주면 된다고 작가 언니는 말했다. 멍하게 창밖을 내다봐도 된다고 했다. 보통의 하루 동안 카메라가 따라다니는 것만 다를 거라고 했다. 카메라가 있다는 걸 의식하지 않으면 된다고 강조했다. 있는데도 없는 듯이 생각하라니, 아진은 그게 가장 어려울 것 같았다.

　"어…… 걱정하지 마요. 잘할 수 있을 거예요."

　작가 언니가 거듭 아진을 안심시켰다.

　25분짜리 방송이지만 촬영이 하루 만에 끝날지, 이틀이 걸릴지는 찍어 봐야 한다고 했다. 작가 언니는 그림이 나올 때까지, 라는 말을 살짝 흘렸다 주워 담았다. 작가 언니의 머릿속에 든 그림을 아진은 아직도 확실히 알 수 없었다.

　아진은 작가 언니와 전화 통화를 끝내고 나서 오빠에게

전화를 걸었다. 저녁을 다 먹었다면 지금쯤 자유를 누리고 있을 시간이었다. 통화 연결음이 몇 번 울리지 않고 오빠가 전화를 받았다.

"오빠, 왜 이렇게 통화하기가 힘들어? 내가 메시지 남겼잖아."

"행군 나갔다 왔어."

"행군?"

"20킬로 군장 지고 그제부터 비박하면서 걷기만 했다고."

오빠 목소리가 거칠었다. 고단한 화풀이를 어린 동생에게 하는 것처럼 들렸다. 아진은 오빠가 짊어진 군장의 무게도 피로도 가늠되지 않았지만, 섭섭했다. 오빠가 힘들다고 엄마 일은 나 몰라라 하는 태도가.

"저번에 내가 말했었지. 우리 집, 방송에 나간다고."

"그래서?"

"오빤 괜찮아? 왜 아무 말도 안 해."

"난 못 나간다고 했잖아."

"오빠 안 나와도 엄마랑 내가 나가잖아. 그럼 사람들이 다 볼 거잖아. 한 번 찍어 두면 몇 번씩 우려먹는단 말이야."

"아, 난 몰라. 엄마랑 네가 하겠다고 했다며. 근데 이제 와서 나더러 어떡하라고."

에이 씨, 하고 낮게 내뱉는 소리가 뒤따라 들렸다.

오빠는 카메라 밖에서 구경하겠다는 거였다. 동생이 어떻게 되든 말든 방관자처럼 굴겠다는 말이었다. 엄마를 다 네가 책임지라는 말이었다. 엄마와 한 몸처럼 붙어 사는 건 너 아니냐고 말하는 듯이 들렸다.

"오빤 아무 상관 없단 말이지?"

아진은 소리를 질렀다. 오빠는 위로의 말 한마디, 잘하라는 걱정의 말 한마디를 듣고 싶은 아진의 마음을 몰라주었다.

아진이 끝내 찾아내지 못한 꿈을 찾아 카메라가 돌고 있다. 긴장할 줄 알았던 엄마는 태연하게 행동했고, 오히려 아진이 더 허둥댔다.

카메라맨 뒤에 서 있는 작가 언니를 본 것 같은데 몇 장면 찍는 사이에 어디로 갔는지 보이지 않았다. 작가 언니는 아진의 예상과 달리 얼굴이 동글납작하지도 않고, 귀엽고 앳된 모습도 아니었다. 30대는 돼 보이는 평범한 인상이었다. 촬영을 시작하기 전, 평범한 하루처럼 자연스럽게 행동하라던 말을 떠올리며 아진은 카메라를 쳐다보지 않으려고 애썼다. 엄마는 걸음을 옮길 때마다 아진이 잡은 손에서 힘을 빼고 혼자 걸어 보려 애쓰고 있었다.

"엄마, 내 팔을 붙잡아. 그래야 넘어지지 않지. 내 팔을 잡아요."

아진은 밖에 나가기 귀찮다는 엄마에게 산책을 가자고 졸라 집을 나섰다. 카메라맨은 계단을 내려가는 두 사람의 등 뒤에도 있고 대문 앞에도 한 사람이 있었다.

막상 집 밖으로 나오자 엄마는 표정이 밝아졌다. 한낮의 더위가 누그러져 저녁 공기가 제법 시원했다.

"그냥 앞만 보고 걸어, 엄마. 뒤돌아보지 말고."

마치 누가 엿듣고 있는 듯이, 들키면 안 된다는 듯이 아진은 엄마 귓가에 대고 속삭였다.

작가 언니는 이따가 따로 인터뷰 딸 텐데, 아진의 장래 희망을 질문할 거라고 했다. 아진은 알겠다고 고개를 끄덕였지만, 이건 드라마가 아니니까, 출생의 비밀이 밝혀지면서 갑자기 다른 부모가 나타나 현실이 바뀌는 일이 아니니까, 아진이 말할 수 있는 장래 희망이란 빤한 거 아닌가? 앞으로 더 열심히 공부해서 좋은 대학에 들어가고, 안정된 직장을 얻고, 엄마와 행복하게 살아가는 거. 그럴싸한 얼굴로 태연하게 대답할지도 모른다.

조각조각, 엄마와 아진의 하루를 쪼개서 찍은 장면들을

동그랗게 이어 붙여 하나의 이야기가 완성되겠지. 그건 가짜일까, 진짜일까. 엄마가 만들던 조화 같은 꽃이 될 것이다.

아진은 엄마와 함께 골목길을 천천히 걸으면서 작가 언니가 말한 장래 희망, 자신의 꿈을 계속해서 생각한다. 어떻게 펼쳐질지 알 수 없는 미래를.

고장 난 집

태양처럼 뜨거운 불덩이가 굴러온 건 한순간이었다. 마치 누가 이글거리는 공을 뻥, 찬 것처럼. 소년은 미처 피할 새도 없이 굴러오는 공을 껴안으려는 듯 두 팔을 벌린 채 헉, 깊은숨을 들이마셨다. 그 순간 불덩이는 농익은 홍시가 터지듯 소년의 눈동자 속으로 스며들었다.

어쩌면 그것은 언젠가 소년이 페이지를 넘기던 웹툰 만화의 한 장면일지도 모른다. 핵이 폭발하는 순간 화염이 회오리처럼 뭉치는 이미지거나 위급 상황을 묘사한 불덩이거나.

소년은 자신에게 닥친 일이 무엇인지 알지 못했다.

뜨겁다는 말로는 표현할 수 없는 지독한 열기. 손을 뻗으면 무엇이든 만져지는 게 있겠지만, 무언가에 닿기만 해도 손가락이 모두 녹아 버릴 것만 같았다. 웹툰 페이지는 빛의 속도로 넘어갔다. 화면의 경계가 사라지고, 수천만 개의 이미지가 파노라마처럼 화르르 불꽃을 일으키며 사라졌다.

빛의 속도.

그 순간 소년이 체감한 것은 문자로만 알고 있던 바로 그 속도감에서 빚어진 열기였다.

소년은 그날의 일을 기억해 내려 애썼다. 차례대로 떠오르지는 않았다. 어제의 일과 그저께의 일이, 날짜를 헤아릴 수 없을 만큼 오래전의 일이 마치 그날 일처럼 뒤죽박죽이었다. 소년은 우선 목이 말라 입을 뗄 수 없었다.

소년의 머릿속은 잡동사니 같은 생각으로 늘 복잡했다. 무슨 일이든 결정해야 할 때가 가장 어려웠다. 밥을 먹을까 라면을 먹을까, 예, 라거나 아니요, 라고 대답하는 일도 어려웠다. 예, 라고 말할 때나 아니요, 라고 말할 때 이유를 묻는다면 어떻게 말해야 할지를 생각하다 우물쭈물하곤 했다. 좋다거나 싫다는 표현을 할 때도 그랬다.

"몇 살이에요?"

구급 대원이 물었다. 소년은 겨우 눈을 떠 남자를 바라보았다. 남자가 입고 있는 진한 주황빛 제복이 눈앞에 어른거렸다. 소년의 얼굴이 고통으로 일그러졌다.

"이름이 뭐예요?"

이번엔 여자 대원이 물었다.

"목이 말라요."

소년은 입술을 달싹거렸지만 그들은 알아듣지 못한 것 같았다. 소년은 온몸을 뜨거운 프라이팬에 올려놓은 듯한 통증을 느끼며 눈을 감았다.

"학생, 학생이죠? 정신 차리고 묻는 말에 대답해 봐요."

소년은 여자의 물음에 고개를 끄덕였다. 그러나 이번에도 그들은 소년의 고갯짓을 알아채지 못한 모양이었다. 자꾸만 정신을 차리라고 했고, 왼쪽인지 오른쪽인지 어깨를 살짝살짝 흔들었다.

소년은 힘을 주어 다시 눈을 떴다. 낮고 민틋한 좁은 천장이 보였다. 소년에게 고개를 바싹 들이댄 여자의 얼굴이 다가왔다 멀어졌다 했다. 여자도 제복을 입고 있었다. 하지만 이내 눈꺼풀이 저절로 스르르 감겼고 입술이 찢어질 것 같은 갈증이 찾아왔다.

"눈 떠 봐요. 자면 안 돼요. 잠들면 안 돼요."

추락하는 의식 사이사이로 목소리가 들려왔다. 소년은 순간 목소리를 붙잡듯이 정신을 차렸다가 다시 몽롱한 상태로 접어들었다. 이름이 뭐예요? 지금 여기가 어딘지 알겠어요? 여자의 목소리인지 남자의 목소리인지 구분할 수 없었다. 연이어 물었는지, 소년의 눈을 들여다보며 물었는지도 알 수 없었다. 자꾸만 소년에게 무슨 말을 하라고 재촉했다.

"생일이요. 내 생일날이었는데……."

소년은 겨우 대답했다. 아니, 생각만 하고 말았다. 갈증만 가시면 큰 소리로 말할 수 있을 텐데. 그런데 왜 그 집으로 갔느냐고 물으면 뭐라고 대답하지?

그 집은 비어 있었다.

4층짜리 다세대 빌라 지하 1층, 길바닥과 창문이 붙어 있는 집.

그 집 창문 앞 시멘트 바닥에는 발자국 두 개가 선명하게 찍혀 있었다. 집 안을 엿보듯 창문을 향해 있는 발자국. 열두 살 소년의 발자국이었다. 학교에서 돌아오던 소년은 창문 앞에 깨진 바닥을 메우느라 콘크리트를 막 발라 놓은 자리를 보고 창문 앞으로 다가섰다. 갑자기 장난이 치고 싶었다. 소년은 말랑말랑한 시멘트 바닥을 꾹 디디며 창문 쪽으로 몸을 기울였다. 할머니, 하고 불렀지만 대답이 없었다. 발밑이 묵직하게 파였지만, 눈을 질끈 감았다 떴다. 조심스레 한 발짝 떼어 가장자리의 벽돌을 밟고 올라서자 선명하게 파인 발자국 두 개가 드러났다. 달의 표면이라도 밟은 듯 기분이 묘했다.

발자국은 점점 작아지는 듯했지만 소년은 가끔 그 발자국에 발을 대 보곤 했다. 어린 날, 골목에서 놀던 소년이 격자무늬 방범 창살에 바싹 몸을 기울이고 할머니를 부를 때처럼. 왜, 하고 대답하는 할머니의 모습은 보이지 않고 거실 바닥에 어른거리는 햇살만 보일 때도 할머니가 집 안에 있을 거라는 믿음에 소년은 안도하곤 했다.

소년은 엄마라는 말 대신 할머니라는 말을 가장 먼저 했고, 할머니 사랑해, 라는 말을 가장 많이 했다. 그 말은 진심이었다. 소년이 세상에서 사랑한다는 말을 망설임 없이 할 수 있는 유일한 사람이기도 했다. 소년이 기억하지 못하는 일들 중에 가장 궁금한 건 엄마였지만, 할머니는 그 얘기는 의뭉스럽게 슬쩍 피해 가고 그릇꽃이나 멍멍이 풀 같은 이야기만 늘어놓았다.

"내가 그릇꽃이라고 했다고?"

"그래. 할미가 저건 접시꽃이야, 하고 알려 줬더니 그릇꽃이야, 하고 냅다 소리를 지르더구나. 꼬맹이가 아주 고약하게 이맛살을 찌푸리면서 말이야. 그 모습이 어찌나 우습던지……."

할머니는 흐흐 웃었지만 소년은 웃지 않았다. 강아지풀을 볼 때마다 멍멍이풀이라고 말하며 할머니를 웃겼다는 얘기에도 소년은 웃지 않았다. 소년은 기억나지 않는 것과 숨겨진 것은 모두 할머니의 등 뒤에 감춰져 있다고 생각했다.

아빠가 무슨 일을 하는지 소년은 몰랐다. 초등학교 5학년 때 짝꿍이었던 명건의 아빠는 숟가락을 만든다고 했다. 우리 아빠는 숟가락을 만드십니다, 하고 명건이 발표하는 순간 아이들은 느닷없이 웃음을 터뜨렸다. 책상을 치거나 몸을 뒤틀며 웃는 아이도 있었다. 명건은 아이들이 왜 웃는지 어리둥절해했다. 야, 그럼 젓가락도 만들어야 하잖아. 아이들은 명건이 숨 돌릴 틈도 없이 질문을 퍼부어 댔다. 포크는 안 만들어? 가위는? 집게는 안 만들어? 자리에서 일어나 있던 명건은 머리통만 긁적였다. 명건이 맹건이 된 건 그때부터였다.

명건의 흑역사가 어떻게 흘러갔는지 알고 있는 소년은

친구들 앞에서 엄마는 물론 아빠 얘기도 한 적이 없었다. 사람은 한곳에 뿌리를 내리고 살아야 한다고 할머니는 말했지만 소년의 머릿속엔 사방으로 뿌리를 뻗치는 거대한 나무가 떠올랐을 뿐, 아빠가 떠오르지는 않았다.

사람은 나무처럼 살 수 없다. 그렇다고 소년이 아빠처럼 살고 싶다고 생각한 적은 한 번도 없었다. 소년에게 아빠는 손님일 뿐이었다. 바람처럼 왔다가 슬그머니 사라지는 사람. 소년은 아빠 몸에서 나는 낯선 냄새가 싫었다. 뜬구름을 좇느라 자식새끼도 내팽개치고 부모까지 나 몰라라 한다고, 제발 정신 좀 차리고 살자고 할머니는 아빠를 볼 때마다 애원했다. 조금만 기다리슈, 이다음에 내가 엄마 호강시켜 드릴게. 아빠 입에서 나오는 말들은 힘이 없었다. 날아가는 순간 바닥을 향해 추락하는 종이비행기처럼.

할머니가 쓰러진 날 소년은 집에 없었다. 소년은 아침에 할머니를 보지 못하고 학교에 갔다. 일을 나가는 날이면 할머니는 새벽 5시에 일어나 밥을 해 놓고 나갔다가 오후 2시쯤 집으로 돌아왔다. 밤 10시가 되기 전에 잠자리에 드는 할머니의 하루는 거의 시계처럼 정확했다. 할머니는 소년이 초등학생 때부터 먼 데 있는 빌딩 청소를 다녔다. 일자리를 옮길 때는 몇 달씩 쉬기도 했지만, 줄곧 청소일만

해 왔다. 할머니는 왜 힘들게 청소일만 하느냐고 소년이 물은 적이 있었다.

"뭔 일이든 다 마찬가지겠지만 그것도 아무나 할 수 있는 일이 아니지. 할머닌 그 일이 몸에 배어서 할 만하다."

그러고는 부끄럽냐고 물었다. 소년은 할머니가 청소일을 하는 게 자랑스럽지도 부끄럽지도 않았다. 할머니는 그냥 소년의 할머니일 뿐, 청소부 할머니가 아니었다.

그날 소년은 친구들과 피시방에서 게임을 하느라 학원 등록도 하지 않았다. 추가 등록을 해야 할 학원비는 벌써 축나고 있었다. 소년은 더는 학원에 다닐 생각이 없었다. 번번이 밀리는 학원 숙제도 골칫거리였고, 수업도 알아듣지 못했다.

할머니를 속이기는 쉬웠다. 무슨 공부를 하는지도 모르면서 소년이 책상 앞에만 앉아 있으면 할머니는 흐뭇해했다. 열심히 공부해, 그래야 네 아빠처럼 안 살지. 할머니의 잔소리는 고작 그 정도였다. 소년이 네, 하고 건성으로 대답하고 지나가도 할머니는 전혀 눈치채지 못했다. 아빠도 할머니를 이렇게 속여 왔을까? 네, 네, 대답만 하면서.

고모는 할머니가 쓰러진 게 소년 탓인 양 몇 번이고 같은 말을 반복해서 물었다.

"대체 뭘 하고 돌아다니느라 그 시간까지 집에도 안 들어간 거야?"

"그냥, 학원 갔다가……."

소년의 목소리가 떨렸다.

어떻게 119에 전화를 걸었는지도 기억나지 않았다. 소년이 집으로 돌아왔을 때, 할머니가 화장실 문턱에 넘어져 있었다. 소년은 놀라서 할머니를 부르며 달려갔다. 소년이 할머니의 몸을 흔들자 입에 물고 있던 하얀 거품이 턱밑으로 흘러내렸다.

그날 할머니는 소년에게 전화를 걸지 않았다. 집으로 돌아올 시간이 지나면 언제 오느냐고 할머니가 전화를 하곤 했다. 소년이 피시방에서 게임을 시작하기 전에 할머니에게 먼저 전화를 걸었다. 학원에서 보충 수업을 해야 한다고, 할머니 먼저 주무시라고 말하려 했다. 할머니는 전화를 받지 않았다.

소년은 게임에 돌입하면 시간 가는 줄 몰랐다. 함께 간 녀석들과 필승의 대결이 예약되어 있었다. 한창 열을 올리고 있는 게임에 어느 정도 숙달돼서 레벨이 올라가는 중이었다. 게임 도중에 할머니에게 전화가 와도 받지 않았을 것이다. 그런데 게임이 끝난 후에 확인해 봐도 할머니에게

서 온 전화는 없었다. 소년은 할머니가 고단해서 깊은 잠에 빠졌을 거라고 생각했다.

"할머니가 엎어져 있었단 말이지?"

고모가 다시 물었을 때 소년은 짜증을 냈다.

"몰라요."

할머니가 왜 쓰러졌는지 소년은 진짜 몰라서 모른다고 말했을 뿐이다. 소년도 알고 싶었다. 할머니가 왜 갑자기 거품을 물고 쓰러졌는지. 그러나 소년에게 네 잘못이 아니라고 말해 주는 사람은 아무도 없었다.

할머니의 병원 생활이 길어지면서 소년은 고모네 집에서 지냈다. 할머니가 돌아올 때까지 혼자 살 수 있다고 말했지만 고모는 안 된다고 했다. 고모는 소년을 믿지 않았다.

"맨날 친구들이나 끌어들이려고?"

소년은 고모 말에 반박하지 않았다. 혼자 살게 되면 어떻게 될지는 소년도 몰랐다.

고모네 집은 불편했다. 학교도 멀어졌다. 할머니와 살던 집에서는 아침에 늦잠을 자서 버스를 탈 때도 있었지만, 기껏 세 정류장 거리라 걸어 다니기에 좋았다. 무엇보다 할머니 집에는 소년의 모든 것이 있었고, 고모 집에는 소년의 일부분만 있었다.

5층짜리 저층 아파트인 고모네 집은 방이 세 개였다. 고모의 큰딸인 사촌 누나가 쓰던 방을 작은누나가 썼다. 소년은 문간에 딸린 작은방을 썼다. 큰누나는 외국 유학 중이었고, 작은누나는 고2였다. 소년과 서로 얘기를 나눌 시간이 없었다. 어쩌다 얼굴이 마주쳐도 작은누나는 소년에게 말 한마디 붙이지 않았다. 작은누나는 학원 수업이 끝나고 밤늦게 집에 돌아오면 방문을 걸어 잠그고 아무도 접근하지 못하게 했다. 소리에도 민감해서, 소년이 방문을 크게 여닫거나 조심성 없이 걸어 다니면 괴물처럼 괴상한 소리를 질렀다.

소년은 고모네 집에서도 혼자였다. 아무도 소년이 무얼 하는지 신경 쓰지 않았다. 고모와 고모부는 시장통에서 작은 생선 가게를 하고 있었다. 두 사람은 새벽 일찍 트럭을 끌고 수산 시장에 나갔다. 소년이 아침에 일어나 보면 미처 치우지 못한 식탁에 밥 먹은 흔적이 어지럽게 남아 있었다. 소년은 대부분 아침을 굶고 학교에 갔다. 점심 급식 시간이 될 때까지 배가 고팠지만, 배고픔을 참는 건 아무것도 아니었다. 어쩌다 저녁을 함께 먹는 날도 고모부와 고모뿐이었다. 작은누나는 내 이름을 알기나 알까? 가끔 소년은 생각했다. 작은누나가 소년의 이름을 불러 준 적이 한 번도 없으니까.

"학교는 제대로 다니고 있는 거니?"

고모가 식탁에서 소년에게 말을 붙일 때 소년은 밥을 입에 문 채 대답을 삼켰다.

"너, 그 버릇 좀 고쳐라. 언제까지 어린애처럼 밥을 입에 물고 있을 거니. 그거 나쁜 습관이야."

소년은 할머니와 지내면서 그런 지적을 한 번도 받아 본 적이 없었다.

"아빠는 너한테 전화 안 하니?"

고모가 물었다.

"네."

"어디서 뭐 하는지도 몰라?"

"몰라요."

소년은 아빠가 어디서 무얼 하는지 정말 몰랐다. 아빠를 마지막으로 본 건 할머니가 쓰러지기 한 달 전쯤이었다. 소년이 몇 달 만에 만난 아빠한테 받은 건 용돈 몇 푼이 전부였다.

"알 게 뭐야. 엄마가 쓰러졌는데도 꼭꼭 숨어 버린 거 보면, 또 어디 들어가 있거나 하겠지. 할머니가 네 아빠를 아들이라고 오냐오냐 키워서 그래. 집안이 망조야, 망조."

"그만해. 밥 먹는데 웬 말이 그렇게 많아."

소년에게 말 한마디 붙이지 않던 무뚝뚝한 고모부가 고모에게 버럭 화를 내며 식탁에서 일어났다.

소년은 아무 얘기도 하고 싶지 않았다. 학교에서 고등학교 진학을 위해 상담을 하고 있다는 얘기도, 아니, 고등학교에 가야 하는지 말아야 하는지 머릿속을 어지럽게 뱅뱅 도는 생각이 가득했지만 한마디도 꺼내지 않았다.

소년의 2학기 중간고사 성적은 거의 바닥이었다.

"너, 이래 가지고 고등학교는 갈 수 있겠어?"

담임 선생님은 상담실로 불려 온 소년이 자리에 앉기도 전에 말했다. 소년은 고개를 숙인 채 휴대폰만 만지작거렸다.

"부모님은 네 성적에 대해 뭐라 말씀하셔?"

담임 선생님이 안경을 고쳐 쓰며 물었다.

"……."

"아, 참. 할머니랑 지낸다고 했지? 그럼 할머니가 무슨 말씀을 하셨을 거 아니야."

소년은 작은 소리로 잘 모르겠다고 웅얼거리듯 말했다. 선생님이 손가락 두 개로 책상을 톡톡 소리 나게 쳤다. 소년은 그 소리가 귀에 거슬렸다.

"너만 붙잡고 있을 시간 없으니까 다음에 다시 얘기하자. 인문계든 직업계든 진로를 결정하는 데는 우선 네 마음이 중요하니까 잘 생각하고, 할머니랑 의논해 보고 네 차례가 다시 돌아오면 그땐 확실히 말해야 해."

선생님의 목소리는 단호했다.

소년은 초등학교를 졸업한 뒤로 한 번도 만난 적 없는 명건이 불쑥 떠올랐다. 우리 아빠는 숟가락을 만드십니다, 하고 말하던 순간 반 아이들이 일제히 웃음을 터뜨리던 광경까지 떠올랐다. 소년은 명건의 아빠처럼 숟가락이나 만들며 살고 싶지 않았지만, 아빠처럼 이리저리 떠돌며 살고 싶지도 않았다. 할머니가 쓰러지지만 않았다면 무슨 말이라도 해 줄 텐데, 이제는 곁에 아무도 없었다. 쇠판을 긁는 듯한 선생님의 거친 목소리가 소년의 마음을 불편하게 했다.

소년은 그날 할머니를 보러 갔다. 할머니는 여전히 소년을 알아보지 못했다. 점점 좋아지고 있다고 간병인이 말했지만, 소년의 눈에는 언제나 똑같아 보였다. 음식을 삼키지 못해 콧줄로 유동식을 먹는 것도 여전했다. 할머니는 겨우 몇 달 새 몇십 년은 더 늙어 버렸다. 짧게 자른 머리카락은 하얗게 세어 있었다. 검은 염색 머리밖에 보지 못한 소년은 할머니의 머리카락이 하얀색일 줄은 몰랐다. 갸름한 얼굴에는 오이지처럼 주름이 자글자글했다. 할머니가 다른 사람처럼 보였다.

"학생, 걱정하지 마. 숨은 잘 쉬셔."

눈 둘 데가 없는 병실에서 할머니 얼굴만 뚫어지게 바라보는 소년에게 간병인 아줌마가 말했다. 튜브에서 링거 수액이 똑, 똑, 떨어졌다. 소리는 들리지 않지만, 떨어지는 모양이 소리로 느껴졌다.

소년이 병원에서 할 수 있는 일은 아무것도 없었다. 소년은 매번 보조 침대 끄트머리에 걸터앉아 있었다. 병실에서는 시간이 유독 느리게 흘렀다. 30분을 채우기가 힘들었다. 휴대폰을 들여다보고 있는 소년을 옆 침대 할머니가 불렀다.

"몇 살이야?"

소년은 대답을 대신하듯 웃어 보였다. 대답해 봐야 소용없었다. 다음번에도 또 몇 살이야? 하고 물어볼 게 뻔했다. 처음 한두 번은 묻는 말에 대답했다. 어느 학교에 다니느냐, 엄마는 뭐 하고 너 혼자 오느냐, 밥은 먹고 다니느냐고 묻기도 했다. 갈 때마다 그랬다. 싫다는데도 먹을 걸 쥐여 주기도 했다. 손에 쥐고 주물럭거리던 귤이나 뭉그러진 카스텔라 같은 거였다. 소년이 대답하지 않자 할머니는 소년을 빤히 노려보듯 쳐다보았다. 소년은 얼른 고개를 떨구었다.

"이봐, 학생."

할머니는 빨대가 꽂힌 요구르트를 내밀었다. 상체가 거위처럼 비대하고 침대 밖으로 내린 두 다리는 새 다리처럼 가느다랬다. 소년이 멀뚱히 보고만 있자 손짓으로 가까이 오라고 불렀다. 소년은 자리에서 천천히 일어나 옆 침대 쪽으로 서너 걸음 다가갔다. 할머니가 요구르트를 침대에 내려놓고 소년의 손을 두 손으로 덥석 잡았다.

"이쁘네, 이뻐."

"할머니, 이쁜 게 아니라 멋있다고 해야 하는 거예요. 키도 크고 착하고 똑똑하게 생겼네요. 알아보지도 못하는 할머니를 찾아와선 얌전하게 앉았다 가는 게 요즘 애들 같지 않아요."

간병인 아줌마가 소변기를 들고 밖으로 나가다 말고 말했다.

난 이쁘지도 않고 착하지도 않고 똑똑하지도 않은데요.

소년은 속으로 대답했다.

"꼭 우리 손자 녀석 같네. 얼굴 보고 싶어도 통 오지를 않아.”

소년은 겸연쩍어서 힘주어 손을 빼내고는 뒤로 한 걸음 물러섰다.

“아이구, 할머니. 할머니 손자는 수염이 거칠거칠한 어른이던데, 뭐. 증손자겠죠.”

간병인 아줌마가 히죽 웃으며 말했다.

“이거 먹고 가.”

할머니가 다시 요구르트병을 집어 들어 소년에게 내밀었다. 간병인 아줌마가 받으라는 눈짓을 했다. 소년은 망설이다 요구르트병을 받아 들었다.

병원에서 밖으로 나오자 추웠다. 요구르트는 미지근했다. 추워도 시원한 요구르트가 먹기엔 좋았다. 날씨가 차가워도 할머니만 보고 나오면 왠지 모를 갈증이 올라왔다.

소년은 그날의 일을 기억해 내려 애썼다. 어디서부터 잘 못됐는지 뒤죽박죽이었다. 병원에서 할머니를 보고 온 날인지, 고모와 고모부와 함께 저녁을 먹은 날인지……. 아무튼 그 집으로 간 날은 소년의 생일이었다.

소년이 잊고 있는 생일을 할머니는 한 번도 잊은 적이 없었다.

"생일날 미역국 못 먹으면 평생 대접 못 받고 산다."

할머니는 소년의 생일날 아침이면 미역국을 끓여 놓고 말했다. 생일이 아니어도 미역국은 먹을 수 있고 생일 미역국 못 먹는다고 대접을 못 받고 살지는 않겠지만, 할머니는 꼬박꼬박 소년의 생일을 챙겼다. 잠도 덜 깬 소년을 식탁 앞에 앉혀 놓고 숟가락을 쥐여 주었다. 그날 아침만큼은 밥이든 미역국이든 소년이 한 숟가락 떠먹어야 할머니도 수저를 들었다. 평소와는 달리 소고기가 들어간 특별한 미역국이었다. 소년은 미역국을 좋아하지 않았지만 할머니를 생각해서 먹었다.

소년에겐 미역국 같은 건 중요하지 않았다. 용돈이나 받을 수 있으면 바랄 게 없었다. 어차피 다른 애들처럼 식구들끼리 외식을 하거나 여행을 가거나 생각지도 못한 선물을 받아 본 적은 없으니까.

그날 생일 파티를 하기로 약속이 되어 있었던 건 아니었다. 소년은 여느 때처럼 잊고 있다가 점심 급식으로 나온 미역국을 보고 생일이라는 걸 떠올렸다. 소년은 미역국이 담긴 식판을 자리에 내려놓으며 무심코, 오늘이 생일인데, 하고 중얼거렸다. 그날도 소년은 아침밥을 먹지 않았고, 고모가 소년의 생일을 기억했다가 미역국을 끓여 주는 일은 기대도 하지 않았다.

소년의 옆에 앉은 녀석이 큰 소리로 떠벌렸다. 마치 야유라도 하듯이.

"야, 오늘 생일자가 미역국을 받았단다."

한 식탁에 앉은 아이들이 우우, 소리를 냈고, 장난기 섞인 생일송을 한 소절 합창했다.

소년은 부담스러워 낯이 빨개졌다. 다행히 소란은 잠깐으로 끝났고, 소년은 고립되기라도 한 듯이 천천히 밥을 먹고 급식실에서 교실로 혼자 올라왔다.

오후 수업 시간 내내 소년은 자신이 맹건이가 된 것 같다는 생각을 떨칠 수 없었다. 우리 아버지는 숟가락을 만드십니다, 하고 말하자 우스꽝스러운 관심을 한 몸에 받은 명건이, 뒤통수를 긁적거리며 얼굴을 붉히던 명건의 멋쩍은 표정. 바보 같다고 느껴졌던 명건의 얼굴은 바로 소년의 얼굴이기도 했다.

명건은 또래보다 덩치가 좋았다. 소년과 나란히 걸으면 머리통 하나가 더 올라갔다. 명건을 맹건이라고 부르는 녀석들은 명건이 착한 친구라고 칭찬했지만, 순전히 부려 먹으려는 수작에 불과했다.

"왜 시키는 대로 다 하는 거야?"

어느 날 소년이 물었다.

"내가 좋아서 하는 거야."

명건이 히죽 웃으며 대답했다.

"진짜? 맨날 네 용돈으로 빵을 사 오라고 하는데도? 걔네 대신 네가 청소를 하는데도?"

"응, 좋아. 같이 놀 수 있잖아."

명건은 소년이 보란 듯이 맹건아, 하고 소리쳐 부르는 녀석들에게 쪼르르 달려갔다. 축구를 하러 갈 거라는 녀석들의 손에는 공과 축구화가 든 무거운 가방이 들려 있었다. 맹건은 스스럼없이 녀석들의 가방을 받아 어깨에 둘러멨다. 그러고는 소년을 향해 손을 흔들었다. 잘 가라, 넌 여기에 못 낄걸, 하는 손짓 같았다.

명건은 맹건이가 돼서 녀석들과 어울리며 행복했을까? 그중 누군가는 명건을 진짜 친구로 대해 줬을지도 모르지만, 그 뒤로 소년은 명건과 더는 어울리지 못했다.

소년은 급식실에서 무심히 뱉은 말을 후회했다. 괜히 생일이라고 말해 가지고……. 생일 파티를 하자고 녀석들이 달려들 게 뻔했다. 소년이 붙어 다니는 피시방 팀 녀석들은 소년을 심부름꾼처럼 부렸다. 녀석들은 소년의 돈을 자기들 주머닛돈처럼 사용했다. 소년은 녀석들에게 순순히

돈을 바쳤다. 그래야만 그들 속에 낄 수 있었으니까. 할머니를 속이고 학원을 그만두고, 녀석들과 어울리며 행복하다고 믿고 있던 순간에는 소년도 맹건이가 되었다.

그날 소년이 어떻게 녀석들과 얽혀 그 집으로 가게 되었는지는 기억나지 않는다. 녀석들은 소년의 생일을 핑계로 놀 생각이었고, 소년은 녀석들을 뿌리칠 수 없었다.

세 명이었는지 네 명이었는지 모르겠다. 소년의 친구의 친구도 끼여 있었던 것 같은데, 그게 누구였더라? 두 녀석이 소년과 붙어 할머니네 집으로 왔고……, 나머지 애들은 언제 어떻게 그 집까지 온 걸까?

현관문을 열자마자 푹 파인 어둠 속에 들어선 듯 집 안이 캄캄했다. 현관 센서 등이 작동하지 않았다. 뒤따라 들어온 녀석이 뭐야, 하고 소리를 지르는 바람에 소년은 한쪽 벽을 더듬어 거실 형광등을 켰다.

소년은 집 안에서 낯선 냄새를 맡았다. 오랫동안 환기되지 않은 채 갇혀 있던 공기의 냄새, 빈집의 냄새. 할머니와 살 때는 느끼지 못했던 냄새가 확 다가들었다. 고모가 집을 내놓고 짐을 대충 정리해 버리기 전까지는 피시방 패거리와 놀기도 했지만, 그땐 맡지 못했던 냄새였다.

녀석들은 신발을 신은 채 집 안으로 들어와 썰렁한 소파에 털썩 주저앉았다. 낡은 소파가 놓인 뒤쪽 벽으로는 짐을 넣어 둔 박스가 쌓여 있었다. 고모는 할머니가 병원에서 나오지 못하면 이 집을 비워 줘야 한다고 말했다. 아빠가 돌아올 집은 이제 없어지는 건가? 할머니가 돌아올 집은? 소년은 고모에게 아무것도 묻지 않았다.

녀석들은 편의점에서 사 온 컵라면, 샌드위치, 핫바, 스낵, 음료수 따위를 소파 앞 탁자에 잔뜩 늘어놓았다. 마지막으로 생일 선물이라며 즉석 미역국을 소년에게 던졌다.

"야, 누가 촌스럽게 생일날 미역국을 두 번이나 먹냐. 학교에서 먹었으면 됐지. 이런 날은 근사하게 봉골레 파스타 같은 거 먹어 줘야지."

"웃기고 있네. 봉골레 파스타가 뭔 맛인지는 알고 하는 소리냐?"

"봉골레한 맛이 봉골레겠지."

시시껄렁한 말장난을 하며 낄낄대던 녀석들은 배가 고프다고 아우성이었고, 소년은 부엌살림을 담아 놓은 박스를 뒤져 커피포트를 찾아냈다. 플라스틱 손잡이 부분이 불기에 우그러들어 누렇게 변색된, 할머니의 손때가 묻어 있는 커피포트였다. 할머니는 국이 없을 땐 밥이 안 넘어간

다며 식탁 위에 올려놓은 커피포트에 물을 조금 끓여서 된밥을 말아 먹곤 했다. 물을 가득 채우고 전원을 켰는데 불이 들어오지 않았다.

"야, 물이 너무 많잖아."

한 녀석이 소년의 머리통을 치며 낄낄거렸다.

소년은 물을 조금 따라 내고 다시 전원을 켰다. 커피포트는 고장이라도 났는지 불이 들어오지 않았다. 누르는 부분이 헐거웠다. 싱크대 아래 칸을 뒤져 큰 냄비 사이에서 주전자를 찾아냈다. 주전자를 가스레인지에 올렸는데 가스레인지 불도 켜지지 않았다. 다른 녀석이 성큼성큼 다가오더니 주머니에서 라이터를 꺼내 불을 붙였다. 팍, 소리가 나면서 파란 불꽃이 치솟았다.

"어떻게 뭐 하나 제대로 된 게 없냐. 혹시 여기에 도깨비라도 사는 거 아냐?"

소년의 생각도 그랬다. 할머니가 있을 땐 뭐 하나 고장난 거 없이 잘 돌아갔는데, 할머니가 없는 사이에 집 안의 모든 것이 조금씩 이상해진 것 같았다. 도깨비 장난이 아니면 멀쩡하던 것들이 하나같이 고장 날 리가 없을 테니까.

"맞아."

소년이 받아치자 라이터를 양손으로 던져 받기를 하던

녀석이 뭐가 맞냐고 소리를 질렀다. 그때부터 녀석들은 방 방 뛰며 떠들어 대기 시작했고 소년은 머리가 지끈거렸다.

그래, 술이 있었다. 라이터를 들고 있던 녀석의 주머니 에선 담배가 나왔다. 그렇다면 술은 누가 가져온 걸까. 편 의점에서는 기껏 음료수를 채워 넣었을 뿐인데, 술이라니. 소년의 친구가 달고 온 녀석 중에 얼굴만 알고 이름은 기 억나지 않는 그 애였을까. 그 녀석의 집이 소년의 집과 가 깝다고 했다. 식당을 하는 부모님은 밤늦게 집에 돌아온다 고 했다. 녀석이 집에서 아빠의 양주를 몰래 가져왔다.

그 녀석이 점퍼 속에서 꺼낸 술을 높이 쳐들자 물개 박 수가 터졌다. 오오오, 명건이가 맹건이가 될 때처럼 테이 블을 두두두두 쳐 대기도 했다.

생일자인 소년을 위해 건배를 외친 녀석은 누구였지?

소년은 생일 벌칙으로 첫 잔을 마셔야 했다. 입 안에 머 금은 쓰디쓴 술을 삼키자 목구멍이 짜릿하게 쪼여 왔다. 그런 맛은 처음이었다. 혀가 찔리는 느낌을 참으며 소년은 술을 삼켰다.

누군지 휴대폰으로 유튜브 채널에서 찾은 음악에 맞춰 춤을 추기 시작했고, 이내 거실과 방을 들락거리며 마구 몸을 흔들었다. 음악 소리가 집 안에 쩌렁쩌렁 울렸다. 조용히 해, 조용히! 소년이 녀석들을 말렸지만, 흥에 겨운 녀석들은 멈출 줄을 몰랐다.

쾅쾅 문 두드리는 소리가 났다. 소년은 누가 일부러 내는 소리인 줄 알았다. 여태껏 문을 그런 식으로 두드려 댄 사람이 없었기 때문이다. 소년이 문을 열자 반바지 차림의 남자가 불이 붙은 담배를 문 채로 서 있었다.

"니들 뭐야? 왜 이렇게 시끄러워?"

남자는 대뜸 소리를 질렀다.

"아저씬 누군데요? 왜요오?"

소년의 등 뒤에 서 있던 한 녀석이 호기롭게 받아쳤다. 그러자 남자는 담배를 발로 비벼 끄더니 소년이 잡고 있는 현관문을 한 손으로 잡아챘다. 소년과 남자의 두 힘이 팽팽하게 맞섰다.

"어른, 집에 어른 없어? 대가리에 피도 안 마른 것들이 말이야."

분이 솟구쳤는지 남자는 말을 더듬었다. 반바지 아래 드러난 종아리에 털이 수북했다. 맨발에 고무 슬리퍼를 꿰찬 걸 보면 위층 사람이거나 앞집 사람일 거라고 소년은 생각했다. 한 번도 본 적 없는 얼굴이었다.

"문 열어 봐. 문 열라고오!"

음악을 끈 소년의 집 안은 일순간 조용해졌고, 남자의 고함만 한밤의 불편함을 일깨웠다.

"저 아저씨 괜히 흥분한 것 같아. 멧돼지처럼."

소년의 등 뒤에서 나직하게 킥킥거리는 소리가 들렸다.

"야, 너 방금 뭐랬어? 이 자식이 어른한테. 어디 다시 한 번 말해 봐."

문짝을 잡은 남자가 길길이 뛰었다.

"내 이것들을 그냥, 확. 야, 어느 학교 다녀? 학생들이 말이야. 야밤에 남의 집에 들어와선 뭐 하는 짓들이야, 응?"

"우리 집이에요."

소년이 대답했지만 남자는 씩씩거리며 온 힘을 다해 문을 열어젖히려 했다. 소년은 녀석들과 힘을 합쳐 문을 힘껏 잡아당겼다. 문이 닫힌 뒤에도 현관문을 두드리는 소리가 쾅쾅 울렸다. 녀석들은 밖의 소란이 잠잠해질 때까지 작은 소리로 낄낄대며 집 안을 성큼성큼 돌아다녔다. 한참이나 문을 두드리던 남자는 제풀에 지쳤는지 이윽고 조용해졌다.

녀석들은 언제 돌아간 걸까.

어질러진 집 안에는 운동화 자국들만 남아 있었다. 혼자 남은 소년은 누가 또 문을 두드릴까 봐 불을 껐다.

소년은 안방에 있는 할머니 침대에 가서 누웠다. 집 안이 너무 고요해서인지 모든 게 정지된 것 같았다. 소년은 깜빡깜빡 졸면서 생각했다. 미역국을 먹어야 하는데…….미역국이 남아 있잖아. 생일날 미역국을 안 먹는다고 대접을 못 받고 산다는 건 말도 안 되지만, 할머니가 끓여 주던 미역국은 생각났다. 아프지 말고 건강해라. 할머니가 생일상 앞에서 해 주던 덕담도 떠올랐다. 열일곱 살이 되어도 행복할 것 같지는 않았다. 지긋지긋한 이 순간을 훌쩍 건너뛰어 곧바로 어른이 된다면 얼마나 좋을까.

소년은 가스레인지의 점화 버튼을 누르던 순간의 촉감을 생생히 기억했다. 잠이 깼을 때 느껴지던 으슬으슬한 추위, 불꽃이 일어나기 전에 맡아지던 엷은 가스 냄새, 목을 조이던 갈증까지.

뭐가 잘못된 걸까. 고장이 난 건가?

컵라면을 끓여 먹을 땐 괜찮았는데……. 가스레인지에서는 띠리릭 소리만 연거푸 날 뿐 불꽃이 올라오지 않았다. 소년은 마지막으로 힘주어 가스레인지의 점화 버튼을 다시 한번 눌렀다. 펑, 하는 소리와 함께 불꽃이 솟구친 건 순식간이었다.

더 이상 소년에게 말을 걸어오는 사람은 없었다. 할머니 침대에 누웠을 때 빈집이 울리듯 먼 데서 들려오는 징 소리처럼 공간을 울리던 소리만 가득했다.

여기가 어디일까.

왜 그 집에 갔었느냐고 물으면 뭐라고 대답하지?

굴러오는 공처럼 눈앞에서 솟구쳐 오르는 불을 껴안듯 소년은 깊고 뜨거운 숨을 내쉬었다. 할머니한테 말 한마디 붙이지 못하고 온 게 후회스러웠다. 착한 손자처럼, 똑똑한 손자처럼 굴걸. 할머니, 하고 부르면 대답할지도 모르는데……. 할머니가 잠에서 깰 때까지 기다릴걸. 그리고 할머니한테 말해 줄걸, 고등학교 갈 거라고. 기술을 배울 수 있는 학교에 진학해서 자격증 딸 거라고. 아빠처럼 살지 않을 테니 걱정하지 말고 얼른 일어나기나 하라고. 소년은 빨대로 단숨에 쭉쭉 빨아 마시고 난 빈 요구르트병을 담벼락 쪽으로 힘껏 걷어차며 중얼거리던 말이 생생하게 기억났다.

갈증이 목울대를 죄어 왔다. 아직도 소년은 둥근 불의 고리 속에 갇혀 있는 것 같았다. 소년은 살고 싶었다. 살려 달라고 간절한 목소리로 할머니를 불렀지만, 아무도 소년의 말을 알아듣지 못했다.

작가의 말

청소년 단편집은 처음 묶는다. 서둘러 고백하자면 떨리고, 조심스러운 감정이 혼재되어 있다. 세상이 두려운 까닭이다.

요즘 들어 더욱 잠을 설친다. 내가 잠든 사이에 또 무슨 일이 일어날까. 나와 세계 사이의 거리는 얼마나 될까. 수치로 따지는 건 무의미한 일이다. 러시아가 우크라이나를 침공한 뒤 전쟁 난민 수백만 명이 세계를 떠돌고, 울진에서 발생한 산불이 9일간이나 계속되기도 했다. 세계의 비참은 이뿐만이 아닐 것이다. "밤이 고요한 것은 내가 잠들었기 때문이다."라는 문장을 써 놓고 손을 놓은 채 멍하니 노트북 화면만 바라본 적도 있었다. 우리는 여전히 일어나지 않아야 할 일들 속에서 살아가고 있다.

몇 달 동안이지만, 당분간 내가 상주하는 도서관 근처에는 야산을 낀 드넓은 녹지 공원이 조성되어 있다. 도서관으로 가는 길에 초등학교 앞을 지나고 공원을 가로지른다. 수업 중인 교실에서는 선생님의 목소리가 들려온다. 아, 학교에 아이들이 있구나. 공부를 하고 있구나. '공부'라는 단어는 힘겹게 들리지만, 또 힘이 나게 하는 말이기도 하다.

오후로 접어들면 밤에 못 잔 잠에 붙들려 몽롱하게 있다가 잠깐씩 숲으로 산책을 간다. 하늘 높이 직립한 메타세쿼이아 숲을 지나 편백나무 숲으로 들어선다. 숲속 벤치형 그네에 앉아 짧고 깊은 졸음에 빠지기도 한다. 숲에는 나를 쉬게 하는 거대한 숨구멍이 있다.

그 숲에 앉아 큰 숨을 들이쉬며 『고래를 기다리는 일』을 생각했다. 지금은 거기에 집중하고 있으므로, 그 생각에 골몰할 수밖에 없었다. 여섯 편의 이야기 속에 담긴 등장인물들은 모두 나와 깊은 인연이 있다. 오랫동안 곁에서 보아 왔거나, 같이 여행을 다녀오거나, 카톡을 주고받으며 고민을 나눴거나, 늘 내 시야에 머물렀던 아이들의 이야기다.

내 마음이 어두워 보지 못한 이야기는 수없이 많다. 나는 나대로 내 마음이 가는 이야기를 담았을 뿐인데, 세계의 비참에는 닿지도 못하고 한쪽으로 기운 듯한 느낌을 지울 수 없다.

그렇지만 용기를 내어 책을 묶는다. 세상에서 단 한 사람의 노래만 듣고 살아야 한다면 얼마나 끔찍할까. 여러 개가 저마다의 빛깔로 존재하면서 제 가치를 드러낼 때 세상은 살 만해지는 게 아닐까, 하고 위안을 삼는다.

내가 지나왔던 것처럼 우리 아이들이 그 시간을 지나가고, 앞으로 다가올 시간을 지나가게 될 것이다. 나 또한 그들과 함께 그들이 나아갈 미래의 시간을 산다. 한마디의 위안, 한 문장의 충전이 필요한 청소년 독자들에게도 푸른 바다를 유영하는 고래가 찾아왔으면 좋겠다.

  책을 엮느라 고생하신 '우리학교'에 깊은 마음으로 고마움을 전한다. 책 한 권이 만들어지는 데는 여러 사람의 공력이 들어간다. 물론 숲의 나무가 한 그루씩 사라지겠지만.
  부디 모든 이들이 숲의 거대한 숨구멍에서 평안을 얻을 수 있는 날이 오기를 빌며…….

2022년 6월 소래도서관에서

홍명진

고래를 기다리는 일

초판 1쇄 펴낸날   2022년 7월 11일
초판 4쇄 펴낸날   2023년 5월 12일

지은이   홍명진
펴낸이   홍지연

편집   홍소연 고영완 이태화 전희선 조어진 서경민
디자인   권수아 박태연 박해연
마케팅   강점원 최은 신종연 김신애
경영지원   정상희 곽해림

펴낸곳   (주)우리학교
출판등록   제313-2009-26호(2009년 1월 5일)
주소   04029 서울시 마포구 동교로12안길 8
전화   02-6012-6094
팩스   02-6012-6092
홈페이지   www.woorischool.co.kr
이메일   woorischool@naver.com

ISBN 979-11-6755-063-7 43810